丛林惊魂

（英）米雪儿·佩弗 著

于宥均 译

中国和平出版社

图书在版编目（CIP）数据

丛林惊魂 /（英）佩弗著；于宥均译. -- 北京 : 中国和平出版社, 2012.6
（狼兄弟系列）
ISBN 978-7-5137-0325-3

Ⅰ. ①丛… Ⅱ. ①佩… ②于… Ⅲ. ①儿童文学—长篇小说—英国—现代 Ⅳ. ①I561.84

中国版本图书馆CIP数据核字（2012）第095491号

CHRONICLES OF ANCIENT DARKNESS BOOK 5:OATH BREAKER
AUTHOR:MICHELLE PAVER
Copyright:©2008 TEXT BY MICHELLE PAVER,ILLUSTRATIONS BY GEOFF TAYLOR
This edition arranged with ORION CHILDREN'S BOOKS LTD
through BIG APPLE AGENCY, INC., LABUAN, MALAYSIA.
Simplified Chinese edition copyright:
2012 China Peace Publishing House Co., Ltd
All rights reserved.

中国版权登记号：图字：01-2012-0611

丛林惊魂

（英）米雪儿·佩弗 著　　于宥均 译

出 版 人：肖　斌
责任编辑：杨　隽　杨　光　张春杰
美术编辑：杨　隽
责任印务：宋小仓　曲利华

出版发行：**中国和平出版社**
社　　址：北京市海淀区花园路甲13号院7号楼10层（100088）
发 行 部：（010）82093738　82093737（传真）
网　　址：www.hpbook.com
投稿邮箱：hpbook@hpbook.com
经　　销：新华书店
印　　刷：北京中印联印务有限公司
开　　本：690毫米×960毫米　1/16
印　　张：15.5
字　　数：108千字
版　　次：2012年7月第1版　2012年7月北京第1次印刷

ISBN 978-7-5137-0325-3　　　　　　　　　　　定价：29.80元

致中国读者

亲爱的中国读者们：

首先，我想热切欢迎你们进入到我的世界！

从十岁开始，我就非常向往石器时代的生活：拿着弓箭去打猎，披着鹿的毛皮取暖，用树枝搭建营帐。而我最想拥有的，是一只狼。

《狼兄弟》实现了我的所有愿望。这个故事是有关石器时代的野狼和无边森林，以及深懂狩猎之道的勇敢人民。在此，我身上披着鹿皮，嘴里咬着鹿肉，夜里听见野猪和野狼的嚎叫，并和一只熊进行胆战心惊的对峙。

我深信当你阅读这本书的时候，你将宛如身临其境，与托瑞克和小狼同在那远古的年代。所以，我亲爱的读者，尽情享受这一趟冒险之旅吧！

第一节

有时候一点预警都没有，完全没有。

你的皮船宛若浪上的鸬鹚飞快闪过，你的桨逼得银色毛鳞鱼从海草中飞冲而出，一切都挺好的：瞬息万变的海、你眼里的阳光、你背上的冷风，然后一块巨石从水中冒出，大得连鲸都比不上，而你朝它冲了过去，眼看你就要粉碎……

托瑞克身子歪向一边，把桨用力一戳，皮船立刻倾倒，差点整个掀翻，接着他咻一声飞过那块巨石，只差一点就撞上。

他浑身湿透，咳出很多海水，拼了命地想让自己站稳。

"你还好吧？"贝尔大声问，打着圈绕了回来。

"刚没看到那块巨石。"他喃喃自语，觉得自己很蠢。

贝尔露齿一笑。"营区里有几个新手，你要不要加入他们？"

"让你先！"托瑞克不以为然地说，用力一划，溅得贝尔一身湿。"来比赛，看谁先划过峭壁。"

海豹族男孩大吼一声，两人立刻前冲：好冷、好湿、好开心。高高的天空中，托瑞克发现两个小黑点。他吹了声口哨，瑞和蕊立即俯冲而下，一路跟在他身边，翼尖几乎和海水相接。托瑞克一个大转，躲开溅起的海冰，两只乌鸦也跟他大转，紫绿的阳光洒照在它们黑亮的羽毛上。它们在前缓缓飞着，托瑞克奋力跟上，他的肌肉热得发烫，海盐刺痛他的脸颊，他大声狂笑，这感觉就跟在飞一样的棒。

贝尔大他两岁，又是岛上最强的皮船划手，所以很快就超过了他，瞬间消失在前方被称做"峭壁"的海岬暗影里。大海在他们离开海湾后愈发狂烈，一个大浪迎头打进托瑞克的船里，他差一点儿栽倒。

待他稳定下来，这才发现弄错了方向。海豹湾在阳光下看起来真美，在那一瞬间，他压根忘了比赛这回事。南边的瀑布水雾迷蒙，海鸥绕着山崖盘旋飞行。在海边，袅袅轻烟从海豹族圆丘状的营帐中升起，一排排腌了盐的鳕鱼发着冰霜般的亮光。他看见芬·肯丁，看见他暗红色的头发在淡金发色的海豹族人之中，宛若一座发光的灯塔；

还有芮恩，她正在教一群崇拜她的小朋友射箭。托瑞克张嘴笑了起来，用鱼叉猎海豹应该比用弓箭更好吧，何况芮恩根本不是个有耐心的老师。

贝尔叫他快点跟上，于是他调过头来，努力划桨。

过了峭壁，他们俩这才发现自己饿坏了。他们把船停进一个小海湾，跟着便在那里用漂流木和海草将火唤醒。贝尔吃东西之前，先将一小片鳕鱼干丢进浅水滩，感谢海洋母亲和他的氏族守护灵，但托瑞克没有氏族守护灵，于是他挑起一块麋鹿血肠放进杜松丛，当是献给森林的祭品。这么做感觉有点怪，因为现在森林远在往东方划上一天皮船的距离，可他若不这么做，那才真的很奇怪。

奉献之后，贝尔和他一起分享剩下的鳕鱼干——甘甜、有嚼劲，而且出乎意外的是居然没有半点腥味——跟着托瑞克又在石头上采了些珠蚌，两人撬起半面蚌壳，刮出里头肥美滑嫩的橙红色蚌肉，直接生吃。后来贝尔还帮着把麋鹿血肠吃完。族里其他人都已和他一样，不再拘谨地区分森林和海洋，两者融合在了一起，大家生活起来都更轻松、愉快。

可他们还是觉得吃不饱，于是两人决定炖点什么来吃。托瑞克在皮锅里装满溪水，把锅挂在火边的树枝上，然后放了些用灰烬闷热的圆石到锅里。贝尔往锅里扔进一把又一把他在岩石区潮水潭采到的紫海草，以及他从沙里挖出的一堆蚯蚓螺，托瑞克放进一坨海甘蓝，因为他希望有点绿的东西，能让他联想到森林。

在他们等待食物熟的时候，托瑞克蹲在火边，让火的灼热把这感觉逼回体内。贝尔把半片蚌壳卡进甘蓝菜梗，又从针线袋中拿出一条海豹筋把蚌壳绑紧，做成一支汤匙。

"捕鱼顺利！"海上忽然传来这么一声，吓得他们俩身子一跳。

原来是个划着皮船的鸬鹚族渔夫，他的海象皮渔网里满是鲱鱼。

"捕鱼顺利！"贝尔也用这句海洋氏族常用的问候回应他。

这个人把船划进浅水滩，不断盯着托瑞克看，接下来就发现了他

7

脸颊上黑色的细纹图腾。“你这位森林来的朋友是什么人？”他问贝尔，“那个图腾是狼族的吗？”

托瑞克张口正要回答，贝尔却抢在他前头说：“他是我亲人，也是芬·肯丁的养子，他都和乌鸦族一起行猎。”

“还有，我并不是狼族的人。”托瑞克说，“我没有氏族。”他的眼神告诉这人，他要怎么想都随他。

这人把手放到肩上的氏族动物毛皮那儿。“我听说过你，你就是那个被放逐的人。”

托瑞克下意识地摸了摸额头，他被放逐的图腾就藏在头带下方。芬·肯丁虽然曾经帮他把放逐者的图腾改成其他意义的图案，但就算是乌鸦族的领袖，依旧无力改变这个曾有的事实。

“氏族早让他回来了。”贝尔说。

“大家是这么说没错。”这人说，“那好，就……捕鱼顺利吧！”他这话只对贝尔说，并且疑虑地看了托瑞克一眼，然后才划着船离开。

“别理这个人。”贝尔安静了一会儿之后开口说。

托瑞克没答话。

“拿去！”贝尔把汤匙扔给他，“你把汤匙忘在营区了，来，开心点！他是鸬鹚族的人，他们又知道多少？”

托瑞克噘了噘嘴。“大概就跟海豹族一样多吧！”

贝尔一把扑向他，两人扭成一团，笑着在卵石地上打滚，直到托瑞克扣住贝尔的手脚，逼得他不得不求饶，这才打住。

他们安静地吃着食物，吐出残渣给瑞和蕊。然后托瑞克侧躺着烤火，贝尔往火里放了些木柴。海豹族男孩没发现瑞伸直了双脚正打后边朝他走来。贝尔那一头串了蓝色石板珠和毛鳞鱼小鱼骨的金色长发，让这两只乌鸦很着迷。

瑞用它有力的鸟嘴叼起一枚鱼骨用力一拉，贝尔大叫起来，瑞赶紧放开，半张着翅膀向后退缩。贝尔笑了，扔了块蚯蚓螺肉给它。

托瑞克微微一笑，能再见到贝尔真好。他就像个哥哥一样，也可以说，就是托瑞克想象中哥哥的样子。他们喜欢的事一样，能让他们发笑的笑话也一样，可他们还是不一样的人。贝尔快十七岁了，再不久，他就会找一个伴侣，建立自己的营帐。由于海豹族从不迁徙，这就表示，除非为了买卖进到森林，否则他将一辈子都待在海豹湾这片狭隘的海滩。

从不迁徙，这就足以让托瑞克闷得喘不过气来，更何况还是这么的确定。一辈子的生命就像一张鞣开的海豹皮一样一览无遗，有时他会想，不知那会是种什么样的感觉。

贝尔发现他怪怪的，问他是不是在思念森林。

托瑞克耸了耸肩。

"那狼呢？"

"当然了。"狼当时断然拒绝上船，他们只好留他在那里。**很快就回来**，托瑞克曾用狼语跟他的狼兄弟这么说，但他不知道狼是不是听懂了他在说什么。

一想到狼，他的心就不安起来。"时候不早了，"他说，"我们得在天黑前赶回峭壁那儿。"

这也正是他之所以会和芮恩、芬·肯丁一起来到这里的原因。过冬之后，岛上又起了风波，他们怀疑这是食魂者在作乱，目的是要找出海豹族巫师死后至今下落不明的最后一块火焰蛋白石。这半个月来，他们轮流守备，今晚轮到托瑞克和贝尔了。

贝尔一脸专注地拿着沙子擦洗皮锅，他张着嘴似乎想说什么，接着又摇了摇头，皱起了眉。

这种迟疑一点都不像他，可见是件万分重要的事。托瑞克搓着手里的海带，静静等着。

"等你回森林之后，"贝尔说，眼睛避开了托瑞克的目光，"我会问芮恩是否可以留下来，跟我在一起，我想知道，你怎么看这件事？"

托瑞克呆住了。

"托瑞克？"

托瑞克把海带放到火上，看着火焰把海带烧成紫色。他觉得自己好像走到悬崖边上却丝毫不知情。"芮恩她想怎么做就怎么做。"他终于说了这句话。

"可是你呢，你的看法呢？"

托瑞克一骨碌站起来，愤怒令他全身刺痛，一颗心在胸口横冲直撞。他垂下目光盯着贝尔，盯着英俊、成熟、身为氏族一分子的他。他知道自己倘若留下来，他们就得对决，而且这一次，绝对是来真的。"我要走了。"他说。

"回营区？"贝尔说，刻意的冷静。

"不是。"

"那去哪儿？"

"走就是了。"

"那守备怎么办？"

"你守啊！"

"托瑞克，别——"

"我说了，你守！"

"好！好！"贝尔目不转睛地盯着营火。

托瑞克一个转身，跑向他的小船。

他沿着北岸往前走，离开了海豹湾。他不再愤怒，但冷静之后仍止不住满腔的混乱。他好想狼，可是狼离他那么远。

他发现了个水湾，把船驶了进去。他扛着皮船，走进下坡稀疏的树林。他需要桦树和花楸的气味，即便比起森林，这里的树又矮又飘着盐的味道。他没法回到海豹湾，今晚就是没办法，他要待在这里。

他没带背包，也没睡袋，但过去被放逐的经验使得他现在不论走到哪里，身边随时都带着必需品：斧头、小刀、火种袋。他把小船倒放在岸边的枝条上，又在船边堆上树枝和上个秋季的蕨丛，做了顶帐篷。然后他用木柴生起了一堆火，在火后面放一堆石头让热气回流。有好些干燥的蕨丛和海草可以铺床，而且他穿着驯鹿皮外套和绑腿应该足以保暖，万一不行，那可惨了。

今晚很明亮，"桦血之月"就快结束了——海豹族的说法是"鳕鱼洄游之月"——浅滩那儿传来叮叮当当的声音，是块落单的小浮冰撞上了岩块。越过营火，瑞和蕊缩成一团睡在一棵花楸树的树杈上，鸟喙舒服地藏在羽翅里。

托瑞克躺下来，望着营火。距离他被放逐，已经过了九个月，但像这样躺在空旷的地方，生着营火，他还是觉得怪怪的。

他应该回去才对。

可是他实在没办法面对贝尔，以及芬·肯丁，还有芮恩。

他弓身缩进大衣里，身侧有个东西刺了他一下，是贝尔的汤匙，他那时一定是把汤匙塞进了腰带，就这么带着离开。他把汤匙放在指间把玩，这汤匙做得很精致，绑得非常紧实，绑线的末端还工整地收在里面。

他吐出一口长气，等明儿一早他就回去，跟他道歉。贝尔会谅解的，他向来是个好脾气，从不闹性子。

托瑞克睡得很不安稳，他在梦里听见一只猫头鹰叫，芮恩不断跟他说着他听不懂的话。

半夜，他醒了过来，这时月色正暗，因为天熊把月亮吃了，只剩些星光在平静的海面上摇摇晃晃。他是该走了：把船驶进海豹湾，爬上峭壁，去找贝尔。

他觉得晕晕的，心很乱，于是拆了帐篷，浇了水让火熄灭。瑞和蕊百般不愿地张开翅膀，摇着头抖开羽毛，表示它们很不喜欢这么早出发，然而当托瑞克扛着小船走到浅滩时，他却听到乌鸦一声声持续有力的拍翅声。

在东方，大海和天空之间，太阳像一道鲜红色的裂口，就只有海豹湾那儿仍暗影幢幢，整个峭壁依着星光若隐若现。海鸥休息了，一

座座海豹皮营帐静无声息，但瀑布划破了这片寂静，还有悄悄拍着浪的大海，以及晒在架上不时吱嘎作响的鳕鱼。

托瑞克在海湾北端靠岸，贝壳在他的靴子底下吱嘎作响，空气中都是营火封住之后特有的气味，晒架上，鳕鱼张着结了层盐的死眼盯着他看。

蕊显得十分急切，它一定是发现了腐肉。两只乌鸦一起飞到峭壁底部的岩石那儿。

天实在太黑，托瑞克看不见它们发现的是什么，可是不知怎地，他忽然起了一身疙瘩。

无论那是什么，瑞和蕊都不敢轻易靠近，乌鸦向来如此，它们一蹦一跳地靠近之后，然后就飞走了。

托瑞克对自己说，那到底是什么，各种可能都有，但是他不停地跑，跌跌撞撞地穿过一堆又一堆腐烂的海草，当他愈靠愈近，他闻到那种独一无二的腥甜气味，整个人跪倒在地。

不！不！

他大叫了一声，因为乌鸦一边往下飞一边呱呱地表示担心。

不！

他爬得更靠近些，手指摸到湿湿的东西，沾上红红的颜色。他看见碎裂的白骨和一些糊糊的灰泥，看见黑暗从那一头串了蓝色石板珠和毛鳞鱼小鱼骨的金色长发中流泄出来，看见那张熟悉的脸庞空洞地望向天空。

有时候一点预警都没有，完全没有。

第二节

这怎么可能？托瑞克心想。

他没朝着那几根爪子似的手指，以及指甲底下发黑的鲜血看，这不是真的。

海崖上有只海鸥尖声大叫，托瑞克抬起头。就在那里，高耸的峭壁边缘，一棵杜松倒挂下来。他想象贝尔跪在那里，身子陡然前倾，情急之下他抓住树枝，随着树枝断裂，可恨的一颠，岩块猛地打上他的头。

贝尔！你为什么这么靠近山边？

一缕冷风悄悄拂过他的脖子，他感到不寒而栗。贝尔的灵魂就在他身边，而且十分生气。生他的气。**如果你跟我一起，我就不会死了。**

托瑞克蓦地闭上双眼。

死亡面具，对，不能让灵魂散开，要不然，贝尔就会变成厉鬼或幽魂。

至少我还能为你做这件事，托瑞克心想。

手指不听使唤似的，他笨拙地解开药袋，摇了几下，里头掉出母亲留给他的鹿角药罐，还有一支小小的蚌壳汤匙。他眨了眨眼睛，他连个谢谢都没跟贝尔说，他们一声不吭地吃东西，后来吵了起来，不，他跟自己纠正，贝尔并没吵，争吵的人是你，你就连最后对他说的那句话也都气冲冲的。死亡面具。

他把汤匙塞回药袋，倒了些大地之血在手上，试着想吐上一些口水，可是嘴巴却非常干涩。他跌跌撞撞走到岩石区一个潮水潭边，用海水把红土搅拌成糊。回来的路上，他缠了些海带在食指上，以免碰触到尸身。

贝尔仰面躺着，他的脸分不清五官，头后骨摔得像个破掉的蛋壳。托瑞克呆呆地往他的额头、胸口、脚跟涂上大地之血。他曾为爸爸做过同样的事，爸爸胸口上的标记最难画，因为他那儿有一道切除食魂者图腾后留下的伤疤。托瑞克自己的胸口也有一道类似的伤疤，所以如果有一天他死了，那枚标记也会一样很难画上。贝尔的胸口平滑，完美无瑕。

标记画好后，托瑞克跪坐在脚跟上，他知道自己离尸身太近了，而眼下正是最危险的时刻，因为灵魂还在近处，可能想要附上生灵的身躯，但他还是待在原地没动。

有人踩着海草嘎吱嘎吱一路走来，叫着他的名字。

他回过身。

芮恩一看是他，停了下来。

"后退！"他的声音很凶，完全不像他。

她朝他快跑过去，一看见躺在那里的尸身，脸上瞬间没了血色。

"他摔了下来。"托瑞克说。

她不停地摇头，嘴唇像是说着不！不！却没发出一点声音。托瑞克看着她望向那空洞的眼眸、摔得粉碎的脑袋、指甲底下的鲜血，这一幕幕将永远紧跟着她，而他却没办法保护她。

指甲底下的鲜血。

这个状况背后的意义，让他如坐针毡。那不是贝尔的血，峭壁上有其他人和他一块儿，贝尔不是自己摔下来的，是有人推他。

芬·肯丁出现在芮恩身后，他紧握手杖，垂着肩膀，脸上看不出任何表情。"芮恩，"他静静地说，"去，带海豹族的领袖来这儿。"

同样的话他说了两遍，她才终于听见，但她一听见，就立刻照着做。她踏着沉重的脚步朝营区走去，像个梦游的人。

芬·肯丁转向托瑞克。"事情是怎么发生的？"

"我不知道。"

"怎么回事？你没跟他一起吗？"

托瑞克迟疑着。"没有，我……我本来是该跟他一起的，可是我没有。"如果我跟着他一起，他就不会死了。都是我的错，我的错。

他们四目交接，托瑞克在芬·肯丁锐利的蓝色目光中，看到了谅解与痛惜：为他痛惜。

乌鸦族领袖抬起头，往峭壁那儿仔细看了又看。"上去，"他

说，"把凶手查出来。"

托瑞克沿着陡坡一路爬上峭壁，早晨的太阳照在杜松丛上闪闪发光。是贝尔的靴印，错不了，托瑞克认得出来，还有芮恩和芬·肯丁的靴印他也记得。而这条小径上也就只见得这些印记。这么说来，杀他的这个人并没走这条路，不是打海豹族营区那边过来的。

杀他的这个人，这怎么可能是真的，不过昨天而已，他们才在前滩那儿一起掏着鳕鱼的内脏，一见瑞和蕊侧身潜近热腾腾的内脏，贝尔还不时往它们那儿丢些碎渣。好不容易，最后一条鳕鱼倒挂在晒架上，他们有时间去划皮船了，阿斯瑞福把他的船借给托瑞克，德特兰和他小妹目送他们离开，德特兰拄着拐杖，还因为挥手挥得太用力差点跌倒。

不过昨天而已。

峭壁那儿长了一片浓密的花楸和杜松，但再过去一点，却有一道巨大平坦、形似小船的凸岩高悬在海上。这片岩面在很久以前，就被凿刻出一张银光闪闪、布满猎者和猎物的渔网图案，岩面中间，立着一座低矮的鱼形花岗岩祭坛。

托瑞克咽了一口口水，两年前，海豹族巫师曾把他绑在这个祭坛上，准备切开他的心脏，到现在他仍感觉到花岗岩抵着他的肩胛骨，听见托卡若思磨爪子的声音。

山下远处，传来一声惨叫，仿佛有什么生灵被劈成了两半。托瑞克深深吸了一口气，原来是贝尔的父亲见到他的儿子了。

别去想那事，想想眼下这事，为贝尔把这事办好。

峭壁上晨露闪闪发亮，这是片裸岩，除了一层看起来怪怪的地衣和景天草，其他什么都没有。在这种地方追踪十分不容易，但只要凶手留下一丝线索，托瑞克一定找得出来。

他站在山颈那儿，仔细检查峭壁，感觉似乎哪里怪怪的，可他一时想不出所以然，便先记在心里，继续前进。爸爸以前说过，追踪，就要设法进入目标物的内心，现在若要他这么做，他会害怕，托瑞克必须看着活生生的贝尔站在峭壁上，必须看着不知道长相的凶手。

凶手一定十分强壮，才有办法制服贝尔，但托瑞克推论出的也就只有这点，其他部分还是得让峭壁来告诉他。

没多久，他发现了第一个线索。他蹲下来，在微暗的晨光中，眯着眼斜斜地看。一个靴印，十分轻浅，而且就在那里，又出现了另一个线索。某个年纪稍长的男人曾在这儿用脚跟走路，另有一名年纪较轻的男人踮着脚走，贝尔曾放轻脚步往峭壁上走。

托瑞克一步步跟在他后面，他听不见大海的声音，感觉不到刮在脸上咸咸的海风，他一路追查，忘了自己。

意识到有人盯着他看，他这才回过神。他停下脚步，心噗通噗通跳个不停，万一害死贝尔的凶手还躲在这片花楸丛中，那该怎么办？

他猛地抽出小刀，一个回身。

"托瑞克，是我！"芮恩大叫。

他粗暴地吐了口气，放下持刀的手。"以后别再做这种事！"

"我以为你会听到我的声音！"

"你到这儿来做什么？"

"跟你一样！"她很生气，因为她被他吓坏了，不过她很快就恢复过来。"他不是摔下去的，他的指甲……"两人你看我我看你，托瑞克不知道自己的眼神是不是也一样的凄凉、紧张。

"事情怎么发生的？"她说，"我还以为你跟他在一起呢。"

"没有。"

她和他四目交接，他移开了目光。"你先走吧！"她调整语气后说，"追踪还是你比较行。"

他低下头，继续追查，芮恩跟在他后面。他追踪时，她几乎没开口说话，她说她见他好像被催眠一样，不想打断他。他很感激她这么做，她那双浓黑的眼睛有时太聪明，他无法开口告诉她他和贝尔的那

番争执，他觉得很惭愧。

他没走多远，就又发现了更多的线索，某个奔跑的靴子刮落一些地衣，祭坛后面有片景天草被碾成一团绿泥，一撮驯鹿毛夹在裂缝里。托瑞克一身悚然，贝尔穿的是海豹皮，这肯定是凶手留下来的。一个身影逐渐成形，像是雾里突然走出一个猎人，一个高大壮硕、身穿驯鹿皮衣的男人。

同时，一个名字跃入他脑中，但托瑞克置之不理。别用猜的，敞开胸怀，找出证据来。

他想象贝尔从他藏身的花楸丛离开，跑向跪在祭坛旁边的身影。凶手起身，他们对峙地绕走，逐步来到峭壁边缘。

峭壁边缘有个地方有裂口，在被风吹过的泥土里，有棵苟延残喘的杜松，一半的树身被连根拔起，到现在仍淌着树血。托瑞克看见贝尔绝望地紧抓树枝，空着的另一只手拼命扒着泥土，他曾奋力寻求生路，而凶手却踩住他的手指。

托瑞克顿时满眼雾红，手心冒出汗来，等他逮到凶手，他一定要……

"无论这个人是谁，"芮恩颤抖地说，"他肯定非常强壮，否则不可能击倒贝——"她忙把手指塞进口中，此后的五年，谁都不能再提贝尔这个名字，否则他的灵魂很可能会回来，缠着生灵不放。

"看那边，"托瑞克说，他抠起一小滴干涸了的云杉血，"还有这个。"他挪开一根树枝，让手印露出来。

芮恩嘶一声，深吸了一口气。

杀害贝尔的凶手曾经在这儿单手侧卧，眼睁睁地看着他的猎物跌下去，那只手只有三根手指头。

托瑞克闭上眼睛，回到极北的洞窟，食魂者就在他面前，狼为了保护他，一跃而起，扑向攻击他的人，咬断那人两根手指。

"所以现在我们知道了。"芮恩冷冷地说。

两人彼此对望，同时想起了那张硬如干土的脸上残酷的绿眼。

托瑞克握起拳头，把那抹云杉血封在手中。"泰亚兹。"他说。

第三节

橡树族巫师压根没想过要遮掩他的踪迹，他找了条路，从峭壁北侧的陡坡下来，来到一片小卵石海滩，拿了皮船，划船便走。

托瑞克和芮恩一路追踪，直到海边小径的尽头。

"从我当时驻扎的地方，"托瑞克说，"我说不定会看到他。"

"你为什么会驻扎在这里？"芮恩说。

"我……我想要一个人静一静。"

她锐利地看了他一眼，却没追究下去。那更糟，她八成已猜到他那可怕的过错，可怕得令她开不了口。

"他现在可能在任何地方。"她说，转身背向海潮，"他也许上了海草岛，或许去了其他较小的岛屿，也或许回了森林。"

"而且他已经领先一步了。"托瑞克说，"我们走吧！"

要回海豹族营区，他们得再一次翻过峭壁。祭坛看起来好像有哪里怪怪的，芮恩发现了端倪。"是雕像，祭坛的翼尖正对着那个麋鹿头，照理不是那样。"

"有人动过这里。"托瑞克很震惊，刮痕明显得就像浮冰上飞着一只乌鸦，自己先前居然没有察觉。他想象橡树族巫师的模样——这个森林中最强壮的人——用他的肩膀挪动祭坛，接着又移回来，却移得不够正。

托瑞克在祭坛翼尖底下，发现了泰亚兹掀开的东西：一个从峭壁表面劈开的小洞，里头空空的。

他们谁都没把心里的恐惧说出来，但在山颈的花楸丛中，托瑞克发现了证据：一个没有毛的海豹皮小囊袋，碎烂的皮袋上依稀可见硬物压过的痕迹，大小和黑刺李差不多，之前一直放在袋子里。

托瑞克全身的血液直冲脑门，芮恩的声音仿佛来自遥远的地方。"他找到了，托瑞克，火焰蛋白石落在泰亚兹手中了。"

"别告诉任何人。"芬·肯丁说，"不论是他遇害的事还是凶手的身份、动机，都别说。”

托瑞克立刻赞成，芮恩却大惊失色。“难道连他父亲都不能说？”

“谁都一样。”乌鸦族领袖说。

他们蹲在海湾南边的小溪旁，用灰色河泥帮彼此在脸上画出哀悼记号。瀑布的轰鸣淹没了他们的声音，在这里说话很安全，那些在下游准备葬礼宴席的女人，又或是那些在为贝尔的死亡旅程准备皮船的男人，他们都不可能听见。所有海豹族人都安静地工作，这样才不会冒犯男孩死去的灵魂，托瑞克觉得，他们一个个像极了梦里的人。

一整天，他们都在工作，他在一旁帮忙。暮色降临，每顶帐篷、每艘皮船、所有晒鳕鱼的架子，都被移到海湾另一头，远远离开峭壁。北边这头，只剩下过去贝尔和他父亲一起住的那顶帐篷，浸了海豹油，点上了火。托瑞克看见了：在渐渐凝聚的黑暗中，一双红色的眼睛正愤怒地注视着他。

“可是那样做是不对的。”芮恩反驳。

“非这么做不可，”她的叔叔拦下她的目光，盯着她瞧。“想想看，芮恩，他的父亲若是知道了，肯定会设法报仇。”

“是啊！那又怎样？”她不以为然地说。

“不会只他一个人行动的，”芬·肯丁说，“整个氏族都想发泄心头之恨。”

“那又怎样？”芮恩又重复问了一次。

“我了解泰亚兹，”芬·肯丁说，“他绝对不会躲在岛上，他会回到森林，在那里，他才能发挥最强的力量，而最快的路线，就是从沿岸的买卖集散地那里过去……”

“若是海豹族人出动去找他，”托瑞克插口说，“那他一定会让他们和其他氏族发生冲突，自己抽身离开。”

乌鸦族领袖点点头。“就是因为这样，我们什么都不能说，海洋氏族和森林氏族向来不和，泰亚兹一定会利用这点，那正是他的力量所在，他知道怎么点燃仇恨。答应我，你们俩答应我，别告诉任何人。"

"我不会说的。"托瑞克说，他不希望海豹族去追捕泰亚兹，复仇该由他动手，而且就他一个人。

芮恩勉为其难地答应。"可是他父亲早晚会发现的，"她说，"我们看到的，他一定也看到了，就……他指甲底下的血。"

"不会的，"芬·肯丁说，"我处理好了。"他脸上那几道由额头直线而下的灰色条纹，令人望之生畏。"来吧！"他站起身说，"我们该回去和大家一起了。"

海豹族人早已在岸边把海草火炬排成一圈：深蓝色的天空下，跳跃着橘红的火光。在这当中，他们把贝尔放在他的皮船上，呛人的黑烟刺痛了托瑞克的眼睛，他吸嗅着海豹油燃烧后的臭味，感觉脸上的哀悼记号十分僵硬。

他心想，这是贝尔的葬礼。怎么可能。

贝尔的父亲率先走向那艘皮船，温柔地把他的睡袋盖在他身上。他已因食魂者失去了两个儿子，他的表情看起来冷冷的，仿佛并不曾发生这些事似的，仿佛，托瑞克心想，他已落入大海深处。

在他之后，族里的每一个人都来为这趟死亡旅程献上礼物，阿斯瑞福送的是个食碗，德特兰送了一套钓鱼钩，他的小妹拼命忍着眼泪，因为她一直都很喜欢贝尔，她忍着泪忍了好久，才放上一盏小小的石灯。其他人有的送衣服，有的送鲸肉干、鳕鱼干、海豹皮网、长矛、绳索。芬·肯丁送的是鱼叉，芮恩送出了她最好的三支箭，托瑞克把他的狗鱼下巴护身符送给了他，祝他打猎顺利。

他站在一侧，看着男人把皮船扛上他们的肩，走向浅滩。到了那里，他们各在船头和船尾绑上一块大石头，贝尔的父亲坐进自己的皮船，拖着爱子的船驶向大海。

其他人沉重地回去营区，安静地吃着宴席，托瑞克仍站在原地，看着皮船愈来愈小，最后变成两个黑点。一旦他们远离陆地，贝尔的父亲就要用他的长矛划破这艘出殡用的皮船，送他的儿子到海洋母亲那里。鱼群会吃掉贝尔的肉身，就像他活着的时候，他吃它们一样。一旦他的帐篷化为灰烬，灰烬随风而逝，他所有的行迹将从此消失，一如海上的涟漪。

但他会再回来的，托瑞克心想，他生在这里，这里是他的家，他在海里一定很寂寞。

芬·肯丁喊他。"托瑞克，过来，宴席你一定要参加。"

"我没办法。"他说，没有转身。

"你一定要去。"

"我没办法！我要去找泰亚兹。"

"托瑞克，天黑了，"芮恩站在叔叔的旁边说，"而且今晚没有月亮，你不能现在走，我们明天一大早就起程。"

"你不可以不尊重你的亲人。"芬·肯丁严厉地说。

托瑞克转身面向他。"我的亲人？我们现在就非得这样叫他，是不是？我的亲人，海豹族男孩，得要这样整整五年，直到最后，我们把他的名字忘得一干二净。"

"我们永远都不会忘，"芬·肯丁说，"但这样做比较好，你明白的。"

"贝尔。"托瑞克一字一字地说，"他的名字，叫做贝尔。"

芮恩吓得倒抽一口气。

芬·肯丁严密地盯着他看。

"贝尔，"托瑞克又喊了一次，"贝尔，贝尔，贝尔！"

他用肩膀推开他俩，沿着海湾不停地跑，直跑到贝尔那顶已经焚毁，却仍在闷烧的帐篷才停下来。

"**贝尔！**"他朝着冷冷的大海放声狂吼。如果这样，真的唤来贝尔复仇的灵魂紧缠他不放，那就让他来吧！这都是他的错，否则贝尔不会躺在大海底下。他若是不闹性子，贝尔在峭壁那里就不会落单，他们会一起面对橡树族巫师，贝尔现在一定还活着。

都是他的错。

"托瑞克！"

芮恩站在营火的另一端，苍白的面容在火光中若隐若现。"别再喊他的名字！你会把他的灵魂引来的！"

"就让他来吧！"他突然后退，"那也是我的报应！"

"杀死他的人不是你，托瑞克。"

"但那都是我的错！我受不了啊！"

她无言以对。

"芬·肯丁说得没错！"他大声地说，"海豹族不可以去为贝尔复仇，那是我该做的事！"

"不要一直喊他的名字。"

"复仇是我的事！"他放声一喊，抽出小刀，拿出药袋里的鹿角药罐，高高举向天空。"我向你发誓，贝尔，我以此刀、以此鹿角，以及我的三个灵魂向你发誓，我一定会找到橡树族巫师，我一定会杀了他，我一定会为你报仇！"

第四节

狼站在山脚下的雪中，凝神仰望"深色"。

它站在他上方几步远的地方，凝神俯视。他嗅到了它的香味，听到了风吹过它美丽黑毛皮的呢喃，他用力甩着尾巴，哀哀号叫。

"深色"也摇动它的尾巴，哀哀号叫，可这是"世界灵"的圣山，狼没法上去，它没法下来。

在冰河当中，即使和"无尾高个子"（狼眼中的托瑞克）、他的狼群姐妹一起打猎，一起玩抓旅鼠，他对它始终念念不忘，尤其玩抓旅鼠时，他更是思念，因为"深色"很会玩这个游戏。对于高山区的这一群狼，狼最思念的就是它。他们心意相连，他清清楚楚地这么觉得。

"深色"踮着前掌俯下身子，大声嗥叫，来！**打猎很棒，狼群很厉害！**

狼垂下了尾巴。

它的嗥叫渐渐失去耐性。

我没办法！他告诉它。

它一跃而起，跳跃着往山下跑。它朝着他快跑，雪从它前掌飘飞出来，狼的心也跟着飞了起来。他欢乐地大步跑向它，速度是那么的快，于是他……

狼醒了过来。

他离开了那个梦境，然后又回到了现实，躺在海边，只有他自己。他想念"深色"，他想念"无尾高个子"和他的狼群姐妹，他甚至想念乌鸦，就一点点想。"无尾高个子"为什么要离开他，为什么要坐进船里走了呢？

狼恨透了这里，尖尖的泥土让他的脚掌好痛，还有那些海鸟，如果他稍一接近它们的巢穴，它们就攻击他。有一阵子，他一路沿着海边探索无尾的帐篷，也去了附近的麋鹿河滩，可是现在，他觉得很无聊。

那些无尾不去打猎，就只站成一圈，尖叫、大吼，然后盯着石头看。他们好像觉得某几块石头比起其他石头更重要，虽说狼闻起来，它们的味道并没有什么不同。然后当这些无尾互相传送石头时，他们就会吵架。如果有只正常的狼送礼物来，一根骨头或是好玩的柴枝，他是会闹一下，但这是因为他喜欢那一只狼，并不是因为他的脾气坏。

夜晚来了，那些无尾又无休无止地睡觉去了。狼拱起身子，在帐篷四周嗅闻。他不屑地避开狗群，吃了些挂在柴枝上的鱼和一大块美味的海豹油，后来在帐篷外面，他又发现了一只爪子，就把那也吃了。当天亮的时候，他小步快跑进森林，踏平好些蕨丛，做了个舒服的卧榻，打了个盹儿。

一股气味骤然惊醒了他。

他绷紧脚爪，竖起颈毛，他认得那个气味，那让他想起了不好的事情，那让他的尾尖受伤。

这个气味很浓，且远远蔓延到雾气中。狼大声咆哮，一跃而起，跟在气味后面快跑起来。

"我跟你说了，"一个海鹰族猎人，一边捆着獐鹿角一边说，"我看到一个高大的男人往岸边去，就这样。"

"他去了哪里？"托瑞克问，显得十分冷酷。芮恩双手捧着一杯热腾腾的桦树血，不知道这个海鹰族的人还会再要多少。

"我不知道！"这个猎人怒气冲冲地说，"我那时很忙，一心只想做买卖！"

"我想他应该是往上游去了。"猎人的女伴回说。

"上游。"托瑞克重复地说。

"那就表示什么地方都有可能。"芮恩说，托瑞克却已动身走向乌鸦族营区和鹿皮划子。

自从贝尔的葬礼，以及筋疲力尽的漂洋过海以来，这已是第二个

晚上。他们来到岸边的买卖集散地，岸边一带的营区，以及麋鹿河口全笼罩在浓雾中。柳族、海鹰族、海草族、乌鸦族、鸬鹚族、蛇族，他们都会来这里用鹿茸和鹿角交换海豹皮和打火石海蛋。芬·肯丁已经把借来的皮船还给了鲸族，乌鸦栖息在一棵松树上，就是没有狼的踪影。

芮恩拼命跑着，想赶上托瑞克，他一路用肩膀挤开人群，引得很多人生气地瞪他，他全无所谓。"托瑞克，等等！"她四下张望，确定没人偷听之后，压低声音说："你觉不觉得这有可能是个陷阱？之前食魂者不也曾设下陷阱来害你？"

"我不在乎。"托瑞克说。

"可是想一想！在那里等着的是泰亚兹和欧丝特拉呀！食魂者就剩他们两个了，他们可是食魂者中力量最强的。"

"**我不在乎**！他害死了我的亲人，我要杀了他。还有，别叫我去睡觉，那我们可要到明早才能动身了。"

"我又没有。"她回说，十分火大，"我要说的是，我会去找些补给品过来。"

"没时间了，他已经领先两天了。"

"他还会领先更多的，"她反驳说，"如果我们还得停下来去打猎的话！"

当她走到她和莎恩住的帐篷，一见到帐篷凹凸不平的驯鹿皮，熟悉的景象令她不禁停下脚步，不到一个月前，她离开这里，坐上皮船，一心就为了见到芬·肯丁和托瑞克，还有贝尔。

她猛然闭上双眼。她曾疑惑地看着他破碎的身体，空洞的蓝眼，石块上灰糊糊的一片。那些都是他的思绪，她跟自己说，他的思绪一点一滴地渗进了地衣里。

她日日夜夜都会看到这幅景象，她不知道托瑞克是否也和她一样，因为他只要开口说话，说的都是要找到泰亚兹，他好像没有多余的力气用在悲伤上。

一股凉意爬上来，她不禁打了个冷战。漂洋过海把她累坏了，她全身僵硬，觉得自己被悲伤掏空，觉得孤单。她从不知道，置身在自己所爱的人群当中，她竟还会感到如此孤单。

黑暗中，猎人们来来去去、时进时出。她想到泰亚兹望着那枚火焰蛋白石贪婪得意的模样，这么一个以别人的痛苦为乐的人，这么一个活着就只是为了统治别人的人。

乌鸦族巫师披着霉臭的生鹿皮，窝在她的角落里。一个冬季下来，她的身形日渐萎缩，最后那模样，让芮恩觉得像是一个空了的皮水袋。她顶多拖着脚步走去粪堆那儿，一旦氏族迁移营区，大家就用担架带着她走。芮恩很好奇，到底是什么支撑着那颗枯萎的心继续跳动？那颗心还会再跳多久？莎恩的气息，早已渗透着一股乌鸦族埋骨地的气味。

芮恩小心翼翼，不想吵醒她。她收拾起行李，把补给品塞进野牛肠做的袋子里。烤榛果、熏马肉、捣碎的翻白草粉，还有给狼吃的越橘干。

生鹿皮动了一下。

芮恩的心一沉。

斑斑点点的脑袋从皮里露出，乌鸦族巫师黑如打火石的眼睛凝神看着她。"看来，"莎恩用枯叶般沙沙的声音说，"你要走了，你应该是已经知道他去了哪里。"

"不知道。"芮恩说，莎恩总有办法在她的伤口上撒盐。

"可是森林这么大……你总该先设法去找，他去了什么地方吧！"

她指的是巫术，芮恩两手紧抓着肠子袋。"没有。"她小声地说。

"为什么？"

"我办不到。"

"但是你明明有这个能力的。"

"没有，我没有。"突然间，她觉得很想哭，"照理我应该看得到未来，"她痛苦地说，"可是我却没法预见他的死亡，如果我连这都预料不到，当巫师又有什么好？"

"你或许是会施用巫术，"莎恩严厉地说，"但你毕竟还不是巫师。"

芮恩眨了眨眼。

"如果你是巫师，你便会知道，不过，或许在你什么都还不知道的时候，你的舌头早就先知道了。"

谜语！芮恩生气地想，怎么每次都是谜语？

"是的，谜语。"莎恩嘶嘶地说着，像在笑似的。"等着你解开的谜语！"她停下来喘了口气，"我掷过骨了。"

托瑞克出现在门口，对芮恩投以不耐烦的眼神。

她示意他不要说话。"你看到了什么？"她问莎恩。

老巫师用她灰如霉土的舌头舔了舔牙龈。"一棵鲜红色的树，一个心里燃着火的灰发猎人，厉鬼，在烧黑的石头底下到处地找。"

"那你看到泰亚兹去了哪儿吗？"托瑞克的口气十分粗鲁。

"是的……我看到了。"

芬·肯丁来到托瑞克身边，一脸凝重。"他进了森林深处。"

"森林深处。"莎恩随声附和，"是的……"

"有群野猪族的人刚到，"芬·肯丁说，"他们打宽水那儿来，在渡口那儿，他们看到一个高大的男人，坐着独木舟，朝黑水上游去了。"

托瑞克点点头。"他是橡树族的人，那正是森林深处，想当然，那儿一定是他去的地方。"

"我们分乘两艘皮划，"芬·肯丁说，"我已交代氏族，要他们在我们前往上游这段时间，驻留在这里。"

"**我们**？"托瑞克激愤地说。

"我和你一起去。"芬·肯丁说。

"我也去。"芮恩说，但他们没理会她。

"为什么？"托瑞克问芬·肯丁，芮恩觉得很难过，她知道他不想跟他们一起，他想自己一个人走。

"森林深处我熟，"芬·肯丁说，"而你不熟。"

"不行！"莎恩强烈反对，"芬·肯丁，你绝对不能去！"

他们目不转睛地望着她。

"掷骨还说到了一件事，而且这事千真万确，芬·肯丁，你不可以进入森林深处。"

芮恩心一横。"那我们自己去就行了，就托瑞克和我。"

然而她叔叔那个表情实在让她害怕，那表情正是在告诉她，什么都不必说。"不行，芮恩，"他的语气沉静得令人胆颤，"没我在，你们没法去的。"

"可以，我们可以的。"她坚持地说。

芬·肯丁叹了口气，"你们知道，打从去年夏天，野牛族和森林野马族之间一直很不平静，他们一定不会让外人进去的，但是他们认识我。"

"不行！"芮恩大喊，"莎恩说得很明白了，她从来没有失误过。"

乌鸦族巫师摇了摇头，又是一声如枯叶般沙沙的叹息。"啊！芬·肯丁……"

"托瑞克，快跟他说！"芮恩恳求地说，"跟他说我们可以自己去，不需要他。"

但托瑞克拿起一袋补给，躲开她的目光。"走吧！"他喃喃地说，"我们这是在浪费时间。"

芬·肯丁从她手中拿下另一袋补给，"我们走吧！"他说。

31

第五节

狼跟在这个气味后面飞快地跑。

在他周围，长眠的森林正慢慢苏醒，猎物们因为得扒开雪才找得到食物，个个又瘦又小。狼吓到了一头正啃着多汁的枫树皮的麋鹿，一群驯鹿感觉到他并没有要猎捕它们，抬起头，目送他离开。

讨厌的气味不断涌入他的鼻子，在许多天之前，那些坏无尾曾经把他关在一个小石窟里，绑住他的口鼻，让他叫不出来。这些坏无尾不给他东西吃，还踩他的尾巴，当狼痛苦喊叫，他居然笑了。后来他还攻击狼的兄弟，狼跳到那个坏无尾身上，用他毛茸茸的前掌制住他的下巴，嘎吱嘎吱地把骨头和丰美多汁的肉嚼得碎烂。

狼拉开大步快跑，他不知道他为什么要追踪"被咬的那个"，狼群从不猎捕无尾，即便是坏无尾也一样。可他就是知道，他一定要紧紧跟上。

气味愈来愈浓，透过风、桦树和鸟的声音，狼听到这个无尾正拿着一根柴枝搅动着水，他闻出这个无尾身边没有狗。

接着他便看到了他。

"被咬的那个"坐在一块橡木上，正滑向上游。狼看到他腰间一个大石爪发着亮光，他闻到松树血和驯鹿皮的味道，以及那个奇怪、可怕的火光。

恐惧吓得狼把嘴闭得紧紧的。"被咬的那个"什么都不怕地坐在那里，得意的享受着他的力量。他非常非常强大，就连火都不敢攻击他。狼很清楚这点，因为他曾经看到这个无尾把自己的前掌直直插入火中，然后抽出来却没有任何事。

从隔着好几个大步的地方，传来"无尾高个子"的气味和狼群姐妹那个鸡骨哨子尖细的哨音。

狼不知道该怎么办才好，他很想去找他们，可是那就表示，他得回头。

鸡骨哨子又在叫了。

"被咬的那个"一直往上游滑去。

狼不知道该怎么办才好。

"你就这样让他跑了！"托瑞克大吼，气得忘了用狼语说话。"他就在那里，而你就这样让他跑了！"

狼把尾巴夹在双腿之间，一骨碌跑到芬·肯丁身后，芬·肯丁跪着，正在生火。

"托瑞克，别这样！"芮恩大声说。

"可他离他那么近！"

"我知道，可那不是他的错，错的是我！"

他转身面对她。

"是我吹哨子叫狼来，"她跟他说，"让泰亚兹跑了，全是我的错。"她摊开手掌，他于是看到了两年前他给她的那个松鸡骨哨子。

"**为什么叫他**？"他严厉地问。

"我担心他，可你——你好像都不在乎。"

这句话让他更加愤怒。"我当然在乎！我怎么可能不在乎狼？"

狼躲在芬·肯丁身后，垂着耳朵，疑惑地摇着尾巴。

托瑞克在懊悔自责中崩溃了，他到底怎么了？

此前，狼开心地跳进营区，得意地告诉托瑞克他听到他的叫唤后，是如何地留下"被咬的那个"的踪迹，谁知托瑞克竟大发雷霆，弄得他不知所措，他实在不知道自己做错了什么。

托瑞克跪倒在地，心烦意乱地乱哼乱叫，狼赶快跑去找他，托瑞克把脸埋入狼的颈背中。对不起。狼舔了舔他的耳朵，我知道的。

"我到底是怎么了？"托瑞克喃喃自问。

芬·肯丁叫他去拿些水过来，对他的情绪视而不见，芮恩在一旁生气地瞪着眼。

托瑞克一把揪起皮水袋，跑去浅滩。

这天晚上，他们立刻启程往麋鹿河上游赶路，途中只短暂休息，

35

直到第二天早上，他们终于来到宽水和黑水汇集所成的湍流一带，这当中他们两度遇到猎人，都说曾见到一个高大的男人往上游走。

他跑了，托瑞克心想，一股脑坐在木段上，恶狠狠地瞪着河水。

这天狂风大作，森林一直在和自己做对。一头被遗弃的麋鹿悲伤地大叫，河对岸枯萎的芦苇丛中，两只野兔不停地用前掌互相攻击。

托瑞克闻到柴烟的味道，听到炸馅饼那种美味的嘶嘶声。他很饿，可是他没法加入他们，他觉得自己和他们的联系被切断了，觉得自己好像被困在一道墙的后面。没人注意，却像仲冬的冰雪那样暴烈。他常常害怕地想起莎恩对他养父的预言，万一芮恩说对了，泰亚兹设下了陷阱，那该怎么办？万一他、托瑞克，正带着芬·肯丁走向死亡，那该怎么办？

可是，他除了继续前进，别无选择。

狼放轻脚步走到河岸，丢了根柴枝到托瑞克脚边，送给他这个礼物。

托瑞克捡起柴枝，放在指间绕转。

你好悲伤，狼说，一只耳朵用力抽了一下，怎么了？

身上有海豹味道的灰毛皮，托瑞克用狼语说，**没有了呼吸，"被咬的那个"杀死了他**。

狼用侧腹抵着托瑞克的肩膀，托瑞克靠着他，感受他毛茸茸饱满的暖意。

你要猎捕"被咬的那个"？ 狼问。

对，托瑞克说。

因为他很坏？

因为他杀死了我的兄弟。

狼看着一只豆娘飞过水面。**那等"被咬的那个"没有了呼吸，灰毛皮是不是就会再有呼吸了？**

不会，托瑞克说。

狼歪着头，盯着托瑞克看，琥珀色的双眼充满了疑惑。**那——为什么？**

因为，托瑞克很想告诉他，我必须为贝尔复仇，但他不知道这要怎么用狼话说，何况就算他会说，他觉得狼未必会懂，说不定狼群是不复仇的。

他们肩靠着肩坐在一起，看着蚊蚋在棕色的水面上飞奔。托瑞克看到一条鳟鱼若隐若现，目光随之深入水中。

他一直都知道，他和狼之间存在着许多不同，可是狼好像就是不能了解这点，有时，这让狼感到很沮丧，尤其当托瑞克没法作出一只真正的狼会做的事，一想到这，托瑞克就会很难过，而且还会有种说不出所以然的不安。

他四下望去，想知道狼跑哪儿去了，天空黑云密布，对岸芦苇丛中站了个人，直直地盯着他看。

是贝尔。

水滴无声无息地从他的背心流淌下来，海草凝结在他飘动的发上，他的脸泛着绿光，又带着水底的苍白，他的双眼瘀肿般的浓黑。愤怒，谴责。

托瑞克想大叫，却叫不出来，他的舌头被定在上腭那儿动弹不得。

贝尔举起滴着水的一只手，指向他，他的嘴唇在动，虽听不见声音，但意思再清楚不过。**都是你的错**。

"托瑞克？"

魔咒解除了，托瑞克感到一阵痉挛。

"我一直在叫你！"芮恩说，她站在他身后，看起来很不高兴。

贝尔不见了，河对岸，干枯的芦苇丛在风中发出吱吱嘎嘎的声音。

"怎么了？"芮恩问。

"没——没事。"他支吾地说。

"没事？你的脸色白得跟灰一样。"

他摇了摇头，无法鼓起勇气把事情告诉她。

她觉得有点受挫地耸了耸肩。"嗯！我帮你留了一块炸馅饼。"她把饼递过去，饼包在一片草叶里保温。"你可以趁我们出发的时候，把饼吃了。"

羊羊

芮恩坐在皮划上，看着狼在树林里跑这跑那的，一会儿抬着鼻子捕捉气味，一会儿朝丛林里不停地嗅闻。

他已多次发现橡树族巫师停下来吃东西和扎营的地方，看来泰亚兹并不急着进入森林深处，这让芮恩很担心，可她没把这事告诉他们，芬·肯丁看来心事重重，而托瑞克又……

她好希望他转过身来，和她说话。他坐在前面，背挺得笔直，毫不妥协地朝河岸搜索着泰亚兹的行迹。

一气之下，她拿起桨用力戳刺，他心里就只想着要找到橡树族巫师，其他什么都不在乎，他甚至不在乎芬·肯丁身陷险境。

终于，他们来到湍流。他们靠向河岸，扛起皮划，这时狼已奋力往黑水上游快步跑去。

"到森林深处还有多远？"托瑞克问，这时他们正放下第二艘皮划。

"一天。"乌鸦族领袖说，"也许不止。"

托瑞克狠狠咬着牙。"他若是到了那里，我们就再也找不到他了。"

"我们会找到的。"芬·肯丁说，"他并没急着赶路。"

"我真希望我们可以找出原因，"芮恩说，"说不定这是个陷阱，就算不是，他恐怕不久就会发现有人在后面追他。"

芬·肯丁点点头，却没回话。他一整天都恍恍惚惚，不言不语，还不时眯起眼睛，似乎黑水让他想起了什么深藏在内心的往事。

芮恩也觉得很不舒服，这条河她并不熟，因为芬·肯丁以前从不带乌鸦族人来这里驻扎，不过她倒是觉得这个名字取得十分贴切，阴湿的树林暗影幢幢，深暗的河水让她怎么也看不见河底，当她一弯身，马上闻到一股腐叶的酸臭。

当他们再次坐进皮划回到水上，她坚持非坐前面不可，看着托瑞克的背影，猜着他在想什么，实在让她很难受。其实不必猜也知道，他想的无非就是找到泰亚兹，但她也在想，如果真让他找到了，他会怎么做？氏族法律并不允许无预警杀人，那就表示，他必须向橡树族巫师下战帖，她一想到这就怕，托瑞克是很壮，也很懂得战斗，可是他还不满十五岁，他如何能与森林里最强的男人一决胜负？

"芮恩？"他叫她，吓了她一跳。

她转过身子。

"当一个人睡着的时候，你能不能看出这个人在做梦？我的意思是说，如果你盯着他们看的话？"

她愣愣地望着他，他紧闭着嘴，回避她的目光。"如果你在做梦，"她跟他说，"你的眼球会动，莎恩是这么说的。"

他点点头。"如果你看到我做梦，你会叫醒我吗？"

"怎么了？托瑞克？你看到什么了？"

他摇摇头。他真像狼，只要是他不想做的事，无论如何都没法强迫他做。

但她还是又试了试。"是什么事？你为什么不告诉我？"

他张开嘴，在那一刹那，她以为他就要说了，结果他睁大双眼，一把揪住她的帽子，猛地将她往下压，劲道大得让她的太阳穴直直撞在皮划边上。

"噢！"她大叫一声，"你这是在……"

"芬·肯丁，趴下！"同时托瑞克放声大喊。

芮恩挣扎着想坐起来，就在这时，不知什么东西从她头上咻地飞过。她看见芬·肯丁拿出小刀挥砍，看见狼像是被黄蜂螫了似的尖声吼叫，跳了起来，她还看见一条细如蛛丝的线啪的一声落入水中。

大家屏着气，没人说话。芮恩坐起身，揉了揉太阳穴。托瑞克

把皮划驶到河流中央，拿起那条断线。"这玩意儿紧实得像一条弓弦。"他说。

他不需再多解释什么。原来快速前进的皮划差点撞上一根坚韧无比、两端各绑在河两岸树上的筋线，高度刚好到头。

芮恩伸手摸了摸自己的脖子，若不是托瑞克及时把她按下，她的咽喉已被那根线割开了。

"他知道有人在追他。"芬·肯丁说，同时把皮划划到他们旁边。

"可是，他应该不知道追他的人是托瑞克才对。"芮恩说。

"你为什么这么说？"托瑞克问。

"假如他知道是你，"她说，"他会冒这个风险让你没命吗？他要的是你的力量。"

"也许是，也许不是。"芬·肯丁说，"泰亚兹这个人心高气傲，他十分相信自己的力量，他把这看得比什么都重要，何况他拿到了火焰蛋白石，他或许觉得他不需要心灵行者的力量，如果真是如此，"他接着又说，"那就表示，他根本不在乎他杀的是什么人。"

第六节

那根筋线割伤了狼的前脚，没怎么流血，他也没叫疼，但托瑞克坚持用包了大豌豆的耆草药膏帮他擦揉，药膏是他让芮恩用她药袋里的材料做的。

"他只会把药舔掉的。"她跟他说，才说完狼就这么做了。

托瑞克不以为意，即使这对狼帮助不大，但这会让他好过一点。

只差一点，他就让筋线得逞了。万一芮恩或芬·肯丁因为他的闪失而受罪，那该怎么办？只想到这点，他便腹痛如绞。仅一个闪失，仅仅一个，你就得终其一生带着这个后果活下去。

他蹲在河边，把浸湿的石碱草捣出绿泡，把手洗净。

他朝上方瞄了一眼，发现芬·肯丁在看他，眼下就他俩，狼在浅滩喝水，芮恩已坐进皮划。

芬·肯丁把水袋中的水倒到托瑞克手上，"不必担心我。"他说。

"但我就是担心。"托瑞克说，"莎恩把她的意思说得很清楚。"

乌鸦族领袖耸了耸肩。"预兆，你总不能只靠着或许会发生的事来过日子。"他把皮水袋往肩上一背。"走吧！"

他们跟着狼往黑水上游走，直到深夜，才在皮划下面睡了一会儿，接着天还没亮就又出发。午后的时间一点一滴流逝，森林渐渐暗下来，河岸边布满警醒的云杉，一身芒刺苔藓，就连还没长叶的树也都保持着警觉。去年秋季的橡树叶在风中沙沙喳喳的，桦树的叶芽闪闪发光，宛若一支支黑色的小长矛。

终于，森林深处边界的小山出现在眼前。托瑞克曾在两年前进入这片山林，不过那时他是在北边那一头，而这里的山坡比那儿还险峻，石子更多。陡峭的灰色石壁，像是被巨大的斧头乱砍乱劈似的，黑松鸡叮叮当当反复叫喊，像是有落石的回音。

天色渐渐暗淡，狼跳进河里，游到对岸。一上北岸，他立刻抖了抖身子，开始行动，不久他折返回来，使劲嗅着泥地。

他们慢慢走上浅滩，托瑞克前去检查那些乱七八糟的足迹。难怪狼会觉得奇怪，这些足迹完全看不出是什么，像是最近有野猪在这儿打滚似的。

"这不是泰亚兹，"托瑞克说，"看到那个脚跟的印了？没那么沉，而且使力的是脚跟，不是脚底。"

"那就是说，他有同伴？"芮恩说。

他啃了啃拇指指甲。"泰亚兹的足迹较深较暗，加上其他足迹上留有一只甲虫爬过的痕迹，而他的却没有，不管是谁，他们是比他先到这里的。"

狼闻到了一个味道，他们离开皮划，跟着狼走，来到一座小峡谷，是在一条注入黑水的溪边。

托瑞克往前走了二十步后停了下来。

这枚脚印像是在泥地上对着他叫嚣，肆无忌惮，不停地嘲笑。**我在这里**。泰亚兹踏下他的脚印，就是要让所有人都看见。

"是橡树族巫师。"芬·肯丁说。

托瑞克看到的不止如此，单单一枚脚印，如果看懂了它，它就会把所有事情在你面前和盘托出。托瑞克看懂了，而且在还没离开海豹岛时，他就已经把泰亚兹的踪迹研究到每个环节都一清二楚。

他发现了更多线索，他让峡谷说出了秘密。"他把他的独木舟留在浅滩那里，"终于他开口说，"然后从这里往上爬，他的左肩背了很重的东西，也许是他的斧头，接着他又踩着自己的脚印往回走，坐上他的独木舟，划船走了。"他双拳紧握，"他吃饱睡足，走得很快，玩得很高兴。"

"那他为什么要来这里？"芮恩问，四下张望着。

"我觉得不太妙。"芬·肯丁说，"记得那条筋线吧！我们回船上去！"

"不！"托瑞克说，"我想知道他在这里做了什么。"

芬·肯丁叹了口气。"别走太远！"

他们小心翼翼地前进，托瑞克和狼在前，然后是芮恩，芬·肯丁在最后。

树林稀稀疏疏的，托瑞克在滚落的大石间攀爬，狼轻盈地在前头跃走。小径转向右方，出了树林。

托瑞克发现自己来到一座荒凉的山丘，放眼尽是赤裸的巨岩，往上走一百步，峰顶那儿出现一条条像是被火烧出来的黑纹，前方的山坡上，乱七八糟地倒着洪水冲过来的树木，当中突着几块巨大的砾石，像极了碎裂的牙齿。下方，黑水环绕着山脚，最后消失在两块高耸的巨石之间。两块巨石怪异地依靠在一起。越过这道巨石峡谷口，高高耸立着森林深处若隐若现的橡树林和参差不齐的云杉。

狼竖起耳朵。嗷呜！他轻吠了一声。

托瑞克顺着他的目光看去，在临河的一排柳树下，他看到了一支桨闪闪烁烁。

狼跳着跑下山坡，托瑞克跟在他后面快跑，一截圆木滚到他脚下，他一个不稳差点滑倒。

"托瑞克！"芮恩在他身后轻声叫他。

"走慢点！"芬·肯丁警告他。

托瑞克没理会他们，他绝不能让他的猎物就这么溜了。

冷不防地，他居然出现了，不到五十步远的地方，驾着独木舟，强有力地划着桨，驶向森林深处。

托瑞克在倒下的树群间东倒西歪地往前走，同时从箭袋里抽出一支箭，搭上他的弓弦。他再也听不到其他声音，耳中就只剩泰亚兹划桨拨水的声音，眼里只看得见那一头在风中飘扬的赤褐色长发。他忘记了氏族法律，忘记了一切，唯一只记得他一定要报仇。

一截圆木滚到他脚下，不知什么卡着了他的脚踝，他脚一踢，身后突然啪的一声巨响。他环顾四方，心跳在那一瞬间冻结成冰，恍然明白原来这条拉索连着一段启动的圆木，木头一端削得尖细，上头涂了些烂泥，遮盖最新的被人削过的痕迹。

满山圆木滚动起来。**你这个笨蛋，另一个陷阱**。圆木一个个朝他滚落，他大叫一声，警告他们，直接跳向旁边一块高大的卵石，火速钻进底下的小洞。圆木段轰隆轰隆从他上方滚过去，一个个冲进河里，溅出一道道水花。托瑞克缩在大卵石底下，听到笑声回荡在山谷中，脑中浮现出泰亚兹驾着独木舟飞快穿过巨石谷口，消失在森林深处的情景。

整个山坡崩塌殆尽，芬·肯丁大声喊着："芮恩！芮恩！"

第七节

托瑞克耳中轰隆隆地什么都听不见，尘土塞满了咽喉。

"芮恩？"他喊了一声。

没人回应。

"芬·肯丁？狼？"

岩石传回了他恐惧的声音。

他被一堆掉在卵石上的树苗重压在底下，心底一阵慌乱，他被困住了。他拼命挣扎，移开树苗，好不容易脱身，他好想大口呼吸。

"芮恩！"他大喊着，"芬·肯丁！"

狼才出现在山顶，马上就冲下山来找他，脚爪落在岩石上卡嗒卡嗒的响。托瑞克不需多说什么，他们简单地磨了磨口鼻，立即动身搜寻。只要圆木一滚动，立刻就发出不祥的吱嘎声。有人在低泣。

"不，不，不是他们，拜托不要是他们。"一时间托瑞克还以为那是他自己的声音。

一阵拍翅的声音，蕊落脚在十步外一根树枝上。狼跑向它，吠了起来，托瑞克跟跄地跟在他后面。

就在树枝之间，他看见一堆蓬乱的深红色头发，"芮恩？"

他扯开树枝，拖出那些树苗，找了个缝隙把手伸进去，抓到她的衣袖。

她发出凄惨的低吟。

"你还好吧？"

她咳了起来，口齿不清地说了些话，大概是在说还好。

"这儿有个缝，我来把缝弄大一点，把手给我，我拉你出来。"果然是芮恩，因为她先送出了她的弓，然后才扭着身子钻出来。她的眼睛睁得大大的，除了有些刮伤，其他没什么大碍。

"芬·肯丁。"她说。

"我找不到他。"

她的脸上血流不断。"他救了我，及时把我推开。"

狼站在他们下方一棵枯死的云杉残骸上，低头看着脚掌之间。他竖起耳朵，热切地瞄了狼兄弟一眼。

这棵云杉倒在一棵更大的榉树上面，榉树又斜倒在好几棵云杉上，芬·肯丁就倒在这棵榉树下方。

"芬·肯丁？"芮恩颤抖地喊，"**芬·肯丁！**"

乌鸦族领袖仍然闭着双眼。

他们拼了命地拖开所有树枝、树干，只要有一声嘎吱，整堆枝干马上动摇起来，于是他们谁也不敢开口，深怕造成遗憾。

太阳下山了，他们仍在继续努力，终于，他们清理出一条直通榉树的通道，可还是不见任何动静。托瑞克拿了棵树苗卡到榉树底下，用尽全力向前推，榉树总算动了一下。

"我们得拖他出来。"芮恩说。

两人花了一番力气，总算让他脱身，只是他还是一动不动。芮恩将手腕靠到他的唇边，测试他的气息，托瑞克发现她不停地吞咽口水。

他们时而用背，时而用拖，好不容易带他来到一块坚固的巨岩。这里是山的东翼，正面对着森林深处，托瑞克备感威胁。这座岩架在山翼底下，遮蔽他们不是问题，只是岩顶很低，他们没法站立。

芮恩跪在叔叔身边，揉绞着双手。瑞和蕊啪啪拍着翅膀，呱呱叫个不停。狼不停嗅着乌鸦族领袖的太阳穴，低吟起来，声音尖细得连托瑞克都听不到，他一再地低吟。

芬·肯丁的眼皮闪了一下。"芮恩呢？"他喃喃地说。

由于榉树撑起其他树木的重量，芬·肯丁因此捡回一条命，但他的左胸骨压伤了。

芮恩动手帮忙，先脱下他的大衣，然后割断他绑腿上的系带。她尽可能放轻，但他还是痛得差点晕了过去。

"断了三根肋骨。"她一边用手指探查一边说。

芬·肯丁嘶嘶哀叫。他闭着眼睛，皮肤湿答答、黏乎乎的。他的呼吸很浅，托瑞克看得出来，他的每一次呼吸，都像有把刀在刺他。

"他的命保得住吗？"托瑞克放低声音问。

芮恩狠狠瞪了他一眼。

"他的内脏流血了吗？"他小声地问。

"我不知道，如果他吐血的话……"

芬·肯丁嘴唇动了一下，露出一抹苦笑。"那就完了，莎恩说得没错，我不能接近森林深处。"

"别说话。"芮恩提醒他。

"说话没有呼吸痛，"芬·肯丁说，"我们现在在哪里？"

托瑞克告诉他。

他叹了口气。"啊！别待在这儿！别来这座山！"

"我们不能让你乱动，今晚不行。"芮恩说。

"这不是个好地方。"芬·肯丁咕哝地说，"有鬼，邪恶。"

"别再说话！"芮恩厉声警告他，割下了她绑腿上的褶边当绷带用。

狼躺在她身边，口鼻埋在脚掌间，瑞和蕊昂着头走来走去，刚烈而严肃。托瑞克看到芬·肯丁左右来回转头，他从不曾这么的软弱无力。

芮恩让他去找些柴火回来，他立刻去找。他的双手抖个不停，树枝不断掉落，他想，倘若那棵榉树倒下的位置稍有偏差，那肯定会压到他的胸骨，到时我们就要涂上死亡记号，这全都是我的错，我一定会把大家全都害死的。

从他站的位置看去，下山这条路直通黑水。一条鹿径沿着黑水蜿蜒盘绕，通过其中一块巨石入口后，便是森林深处。他想象橡树族巫师消失在阴影中的模样，他已经离得这么近了。

回到岩架那儿，芬·肯丁暂时睡着了，但睡得很不安稳。芮恩跪着，手里握着一把桦树皮火种，沉着脸，不停地打火，却连个火花都打不出来。"好吧！那就去吧！"她头也不抬地说。

"什么意思？"托瑞克问。

"去追他啊！你不是想这么做？"

他盯着她，"我不会丢下你们的。"

"可是你想。"

他退却了。

"带芬·肯丁回氏族那儿，得花上好几天时间。"她说，还是连个小火花都打不出来，"时间一分一秒地过去，泰亚兹愈走愈远，你心里一直这么想，对吧？"

"芮恩——"

"你从一开始就不想要我们跟着你！"她突然大吼，"好啊！现在机会来了，你大可丢下我们。"

"芮恩！"

他们面面相觑，苍白的脸发着抖。

"我不会丢下你们的，"托瑞克说，"天一亮我就去把皮划拿过来，然后我们想想该怎么做。"

芮恩一个蛮劲，打出了火花。她的嘴唇一边吹火，一边抖个不停。

托瑞克跪下身子帮忙引燃，扔了些柴枝喂火。等火完全燃起来，他握住她的手，她立刻紧抓不放，紧到发痛。

"他打败我们了。"她说。

"暂时而已。"他回答。

夜深时分，月牙儿划过天际不见了。芮恩说他们应该宽心，因为月色一定会愈来愈亮，芬·肯丁也一定会愈来愈好，托瑞克觉得她很努力地在替她自己打强心针。

他趁着她照顾芬·肯丁的时候，把他们留在皮划里的行李都拿了

过来，然后他利用树枝遮挡岩架，搭出一座营帐，只留一道小缝排烟。他在河边发现一丛紫草，芮恩把草根捣成膏药，托瑞克用叶子酿泡补身的汤汁，装在他就地取材做的桦树皮碗里。他们合力帮芬·肯丁上绷带，这必须绑得很牢，才能固定他断掉的肋骨。完成后，三个人都面色苍白，满身大汗。

之后，芮恩丢了些杜松枝喂火，往营帐里吹了些烟，驱赶病虫。托瑞克塞了条马肉干到石缝里，感谢森林保住他养父一条命。然后，两人饿得发慌，就又一起吃了些肉，芬·肯丁什么都没吃。

月落了，他更加不安起来。"别让火熄了。"他轻声说，"芮恩，在营帐四周，画上权力分界线。"

芮恩忧心地看了托瑞克一眼，如果他连冷静都失去了，这恐怕不是个好征兆。

托瑞克注意到乌鸦没栖身休息，反倒警戒地在岩石间跳来跳去，狼躺在营帐出入口，紧紧盯着火光以外的黑暗。托瑞克觉得十分不安，他觉得它们在提防着什么。

芮恩拿起药袋，起身去画线。

"别走太远。"芬·肯丁警告她。

托瑞克又往火里放了根柴枝。"你说这不是个好地方，这是什么意思？"

芬·肯丁盯着火焰。"这里之所以寸草不生，是从——从厉鬼被赶回岩石之后才发生的事。"他停了停，"可他们近在咫尺，托瑞克，他们想跑出来。"

托瑞克把苔藓浸到杯里，放在养父额上退热。他若是让芬·肯丁说话，芮恩肯定要生气，可他非知道不可。"告诉我。"他说。

芬·肯丁咳了起来，托瑞克扶住他的肩，当他没再咳嗽时，一抹淡蓝从乌鸦族领袖的眼里透了出来。"在许多年以前，"他说，"这是座茂密的山林，桦树、花楸，长满了岩间石缝，把厉鬼牢牢困在里头。"他换了个姿势，缩起身子。"很久很久以前，在'灵魂之夜'，有人到这儿把它们放了出来。"

芮恩回来，跪在他身旁。"但厉鬼出不来的，对吧？"她说，"我感觉得到它们就在岩石底下，近得不能再近。"

"有个人挡下了它们。"芬·肯丁说，"他在山上放了把火，把厉鬼全赶回岩石里，但火势却蔓延出去。"他舔了舔嘴唇，"糟透了……大火窜进树林的速度恐怕比山猫还快，于是大火窜进树林，上了枝头，高兴往哪儿就往哪儿，你没法想象那速度有多快，最后大火吞噬了整个山谷。"

托瑞克开始觉得害怕。"有人受伤吗？"

芬·肯丁点点头。"逃不出来，严重烧伤，死了一个人。"他扭曲着一张脸，仿佛闻到了烧焦的肉味。

托瑞克凝视着黑暗。"这儿究竟是什么地方？"他小声问。

"你不知道吗？"芬·肯丁说。

托瑞克全身毛发直竖。"难道这里就是……"

"没错，这里就是你父亲粉碎火焰蛋白石的地方，也就是在这里，他瓦解了食魂者的力量。"

夜里，一只雌狐放声尖叫，远处传来猫头鹰深沉的呜呼、呜呼声。托瑞克和芮恩对看了一眼，那是只鹰鸮。

芮恩说："我刚在画权力分界线的时候，感觉有东西在那里。不只是厉鬼，还有别的什么，迷了路，四处找着什么。"

"这里有幽魂，"芬·肯丁说，"那个死掉的人。"

芮恩眼中闪动着火光。"第七个食魂者。"

乌鸦族领袖没答话。

一抹余火啪啪闪出火花后灭掉了，托瑞克一跃而起。"那晚你在场吗？"他问。

"不。"芬·肯丁的脸痛苦得抽搐起来，托瑞克不认为他这痛是因为肋骨受伤。"大火之后，"芬·肯丁接着又说，"你母亲和父亲来找我，他们求我帮他们脱身。"

芮恩把手放在他肩上。"你需要休息，别说了。"

"不！我一定要说出来！"他的声音出乎意料的强而有力，蓝色的眼眸着了火似地紧盯着托瑞克的双眼。"我那时很生气，我想报复他，因为——因为他抢走了你的母亲，我赶走了他们。"

托瑞克听到乌鸦的脚爪走在石头上嗒嗒的声音，他凝望养父的脸庞，多么希望这不是真的，但却偏偏千真万确。

"第二天，"芬·肯丁说，"我心软了，我去找他们，可是他们已经离开，逃进了森林深处。"他猛然闭上双眼，"我再也没见过他们，如果当时我肯帮他们，她现在说不定还活着。"

托瑞克摸了摸他的手。"你又怎么能知道这当中还会不会再发生什么事？"

乌鸦族领袖苦苦一笑。"那你也要这样告诉你自己，这样有没有让你好过一点？"

狼大吼一声，跳了起来，朝着只有他感应得到的猎物冲了过去。一抹余火脱离主火，托瑞克用靴子把火挪了回来，突然间，这火在黑暗中显得不堪一击。

"别让火熄了。"芬·肯丁说，"保持清醒，厉鬼、幽魂，它们知道我们来了。"

丰丰

神选者看着异教徒睡去，好想惩罚他们，给火自由。

生火的女孩毫无敬意，她不该这么做，她是异教徒，她没有遵照真正的准则。

在火边扔树枝且踢火的男孩，他也迷失了。

主人会知晓这一切，主人以火为荣，火也以主人为荣，主人势将惩罚异教徒。

火是神圣的，理当受到尊敬，因为火是纯洁与真理，神选者深爱火的怒吼，以及火对森林的渴望，还有它令人敬畏的拥抱，神选者渴望再与火同进同出。

风向变了，神选者屈身在火的气息中，啜饮它神圣的苦痛。神选者的手盛满灰烬，舌上的灰苦辣，肚腹里的灰沉重，它是力量与真理。

受伤的人在痛苦的梦中呻吟，男孩的睡梦混乱不安，唯女孩沉睡如死尸。狼和乌鸦在他们上方警戒守夜——而火却缺乏照顾逐渐消退，蒙羞受辱。

愤怒在神选者的胸中熊熊燃起。

异教徒很邪恶。

他们必须受到惩罚。

第八节

托瑞克在天还没亮时就醒了过来，火势已仅存无几，其他人都还在睡。芮恩侧身躺着，一只手甩在睡袋外，芬·肯丁皱着眉，好像就连睡觉都是个痛苦，两人看起来都很不安、很无助。

托瑞克静悄悄地钻出睡袋，爬出营帐。

在他下方这道山坡上，一只貂熊用后腿站着嗅他的气味，然后一跳一跳地跑开，这告诉托瑞克，狼肯定出去打猎了，如果他在这附近，貂熊一定不会靠近。托瑞克心一揪，担忧起来，之前不知还有什么东西试图靠近。

他往下看去，整个黑水飘浮在雾中，森林里响起鸟鸣，可乌鸦不见了。

山丘上，除了一片裸岩，他没看到任何东西。他爬到峰顶，什么都没有，只有一棵老树的残株倒在西坡，树根还紧紧攀附在厉鬼出没的石缝里。他想起父亲，是他点燃这一切，而这一切又带着他来到了这里。他惊讶地发现，他好像已经记不起来爸爸长什么样子了。

天光渐露，他看到一列沾了露水的模糊靴印。他抽出小刀，跟随印子绕到营帐上方那片悬岩，就快走到底时，他发现一座细灰堆成的小圆锥，他皱了皱眉，有人小心地把灰倒在那里，好像奉献那样，而这个人曾在夜里观察他们。

突然间，就在雾中，他看见河边闪了道光，他的心紧紧一缩。

有人站在岸边，盯着上方的他看，那人的脸模模糊糊，一头长发，发色苍白泛灰，一只手高高举起，一根指头指向他，控诉着。

托瑞克摸了摸腰间的药袋，碰触袋子里的鹿角。他把刀插回鞘，动身往山下走，他很害怕和贝尔的幽魂面对面，但它也许想和他说话，他也许可以说出他的抱歉。

鸟儿们不再鸣唱，山径两旁，铁杉飘浮在白雾的水汽中。

脚印一路领着他走。

猛然间，一个目光狂烈的男人从雾中冲出来，一头撞上他。"救我！"他急喘着气，紧抓着托瑞克的外套，越过肩头，回头看了又看。

托瑞克被他弄得差点跌倒，还闻到一股血腥恐怖的臭味。

"救我！"那人苦苦哀求，"他们——他们——"

"谁？"托瑞克问。

"森林深处！"男人挥动他残缺的手臂，血立刻溅到托瑞克脸上，**"他们砍掉了我的手！"**

"你们真是疯了才会想进去那里。"男人咆哮地说，芮恩刚帮他包扎好断手伤处，他已不再发抖，但只要余火劈啪响起，他的身子就缩一下。

他说他叫高朋，是鲑鱼族人。他的外套和绑腿是用内衬松鼠毛的鱼皮做的，现在沾满了泥巴。他的一边脸颊上，刺有弯曲的图纹，是他的氏族图腾。他在脖子上挂了条被汗渍弄黑的鲑鱼皮，淡金的发上串着小鱼骨，这让托瑞克想起了贝尔。

"这是森林深处的人做的？"芬·肯丁问，他背靠岩石坐着，面容憔悴，咬着牙吃力地呼吸。

"他们发誓说，再看到我出现，砍的就是我的头。"

"可他们确实没要你的命，"芮恩说，"他们用烧热的石头烙你的伤口，要不你很可能会流血而死。"

"这么说来我该谢谢他们？"高朋反问。

"你也可以谢谢芮恩帮你把伤口缝合啊。"托瑞克说。

高朋瞪了一眼。托瑞克带他来营帐这儿，给他东西吃，给他水喝，可他连谢谢都没跟托瑞克说一声。托瑞克注意到他靴子后跟沾了一些灰。

托瑞克拉高音量问，"你在森林深处的时候，有没有见过一个划独木舟的男人？一个块头很大的男人，非常强壮。"

"那关我什么事？"高朋断然回答，"我是来找我孩子的！才四岁，他们就带走了她！"

托瑞克瞥了芮恩一眼，她想的和他一样，食魂者抓小孩去当厉鬼的宿主，好制造托卡若思。

芬·肯丁换了个姿势，托瑞克看得出他的思绪纷乱。"砍掉一只手，"他说，"这是巨浪之后时局不好那段期间的惩罚，很早以前，各氏族就禁止这项惩罚了，是谁对你做这种事的？"

"野牛族。"

"什么？"乌鸦族领袖不太相信。

"我本来还以为他们会帮我，"高朋说，"他们给我东西吃，叫我到营火边休息，后来他们说我和森林野马族的人串通，指责我偷走了他们一个小孩。"

还有其他小孩被偷，托瑞克心想，泰亚兹逃到森林深处，看来并不单纯。

"他们说是森林野马族的人先下的手，"高朋接着又说，"森林野马族插了一根诅咒杖，放话说黑水到风河之间的土地全是他们的地盘，野牛族烧了那根杖，接着森林野马族的巫师就病死了，新的巫师在尸体上发现了一支镞，现在各氏族一个个分边站，支持野牛族和山猫族就绑上绿色的头带，支持森林野马族和蝙蝠族就绑上棕色的头带。"他狐疑地盯着托瑞克的鹿皮头带看个不停。

"你待在野牛族那儿的时候，"托瑞克说，"他们当中有没有一个块头壮硕的男人？"

"你为什么一直问啊？"高朋说完，笨拙地朝门口爬去，"我已经浪费太多时间，我要去找我的族人来，非要让他们把孩子交出来还我们不可！"

"高朋，等一下！"芬·肯丁对他下令，"我们一起去，你和我。"

芮恩和托瑞克同时盯着他看，高朋也是。

"我们一起去找你的族人，"乌鸦族领袖说，"也找我的族人，我们会把你女儿找回来的，别再流更多的血。"

"要怎么找？"高朋质问，"他们才不会听呢！他们跟我们又不一样！"

"高朋，"芬·肯丁坚持地说，"这就是我们接下来要去做的事。"

高朋垂下肩膀，他终究只是个受了伤，需要别人帮忙决定事情的人。

在这之后，一切发生得很快。托瑞克拿了一只皮划过来，芮恩扶着芬·肯丁下到河边，尽一切力量让他舒服地坐在皮划里。她怕他发烧，准备了柳树皮给他嚼，又怕他体力不支，准备了榛果给他吃。托瑞克发现，她因为担忧，一脸病容。

"你打算怎么应付？"她问叔叔，高朋这时不在附近。

"我们一路往下游走，"芬·肯丁说，"水流会带我们走。"

"那万一高朋生病，没办法划桨呢？"

"他不会有事的。"托瑞克跟她说，"你的医术超乎你自己想象的高明。"

"你这么说，不就是因为这正好如了你的愿？"她反驳地说，"因为这样一来，你就可以去追捕泰亚兹了。"

托瑞克没回话，她说得没错。

芮恩看了他一眼，径直走向皮划。"我跟你们一起走。"她对芬·肯丁说。

"不行，"他说，"托瑞克更需要你。"

托瑞克十分惊讶。"你打算让她跟我一起走？之前因为我没看到陷阱，差点害得你们没命呀？"

"你是犯了错。"芬·肯丁说，"别再犯就好。"

"可是你连走路都成问题！"芮恩大声说，"那万一发生什么事，万一……"她实在说不下去了。

"芮恩，"芬·肯丁说，"你还不懂吗？现在的危险，远远超过我、你或是托瑞克的想象。泰亚兹不只躲在森林深处，他一定有什么

计划。阻止他是托瑞克的宿命，他需要你的帮忙。"

他说话的语调，摆明了不允许任何异议，芮恩没再辩驳，但只一会儿工夫，她就跑得不见人影，因为她不想眼看着他离开。

"你打算怎么做？"在她跑开后，托瑞克问他养父。

"设法阻止战争。"芬·肯丁说。

战争！托瑞克不是很明白他这么说是什么意思，"你觉得事情会糟糕到那个地步？"

"你不觉得吗？在发生恶疾，以及厉鬼附在熊身上的事件之后，森林深处的氏族已不再信任开放森林里的氏族了。如果鲑鱼族前来和他们争执，只怕这星星之火就会燃起大火。"他痛得抽搐了一下，牢牢抓着皮划侧边。"听我说，托瑞克，去找红鹿族，看在你母亲的份上，他们会帮你的。如果你找不到他们，那就去找野牛族的巫师，他们这个氏族是很野蛮，不过我很确定他不会让他们乱来，我知道那个人，他是个好人。"

高朋回来了，急着想赶快动身，托瑞克扶着他坐进皮划里。

"去找你母亲的氏族，"芬·肯丁重复地说，"找到之前，千万别被人发现，必要的时候爬上树去，森林深处的人就像鹿一样，他们很少往上看，还有，千万别伤害森林里的黑马，森林黑马十分神圣，连碰都不可以碰。"接着，他作出从来不曾做过的举动，紧紧抓住托瑞克的手。

托瑞克一句话也说不出来，爸爸奄奄一息躺在地上时，也曾做了这样的举动。

"托瑞克……"湛蓝的目光透视着他的双眼，"你可以复仇，但千万不要让复仇驾驭你的心灵。"

高朋举起桨，把皮划推离岸边，迫使托瑞克不得不松开养父的手。

"复仇有如火烧，托瑞克，"芬·肯丁说，这时河水已带着他远离，"它会灼烧你的心，让痛苦更痛苦，千万不要陷自己于那样的境地。"

芮恩朝着营帐方向，一路跑上山，要她眼睁睁地看着黑水带走叔叔，她受不了。

后来她一度改变心意，跑下山去，但她迟了一步，芬·肯丁已经走了。

她恍恍惚惚回到营帐，扛起睡袋和弓箭，大步踩熄营火。她对自己说，高朋一定会把芬·肯丁安全带回氏族营地，可事实是，这当中会发生什么事谁也不知道，芬·肯丁也许会发烧，也许会内出血，高朋也许会弃他于不顾，她也许再也见不到他。

当她来到河边，托瑞克不在那里，大概是去取另一只皮划了。她不想让自己闲下来，便扔下睡袋，顺着通往森林深处的小径蹒跚走去。

她在巨石入口前方停下脚步，雾散了，岩石在阳光底下闪闪发亮。左边，一道长满杨树和桦木的山坡正悄声说着秘密，右边，黑水如蛇一般神秘地流过，前方二十步远的地方，森林深处的云杉守在那里要她回去。这里的云杉长得比它们在开放森林的姐妹还更高大，而且在它们长满苔藓的树臂底下，时时窜动着阴影。

托瑞克以前到过森林深处的边境，但芮恩从没靠的这么近，她的心里满是恐惧。

森林深处很不一样，这里的树较警觉，这里的氏族较多疑。据说，这里藏了很多其他地方早已消失的生灵，到了夏季，世界灵会化身为头长鹿角的高大男人，悄悄行走在山谷之间。

瑞和蕊不知从哪儿冒出来，突然俯冲下来，吓了她一跳，接着它们又飞走了，抛下了呱呱的警告声，消失在天际。

芮恩察觉不出有什么不对劲的地方，不过为防万一，她还是避开了小径，躲到一丛杜松后面。

在这森林深处的边缘，云杉树下的阴影渐渐合在一起，一个男人

出现了，接着还有一个，然后又来一个。

芮恩屏住呼吸。

这群猎人无声无息地出现，身上的树皮衣服斑斑点点，有绿，也有褐，像是森林底层的叶子。芮恩发现，她好像没法分得清哪些是人哪些是树，每个猎人都戴着绿色的头带，她想不起来这代表哪一边。此外，每个人的头上都裹着一面绿网子，看不清五官，这些猎人没有脸，他们一点都不像人。

这当中有个人举起手来，染绿的手指闪动出复杂的暗号，芮恩完全看不懂那代表什么，其他人开始动身往她左边的山坡走去。

一名猎人走过去，离她蹲着的地方就只几步远，她看到他薄薄的板岩斧、长长的绿弓，她闻到兽脂和柴灰的气味，发现网子后面那双眼睛闪了一下，她看到照理该是嘴巴的那个地方持续地吸气吐气。

又一个没脸的猎人从森林深处冒出来，那个人带了支长矛，他走到离芮恩五步远的地方，把长矛往地下一戳，长矛震了一下。

这支长矛高度及头，上面扎了一堆叶子，芮恩发现那是有毒的龙葵，长矛上还挂了个黑黑的东西，大小和拳头差不多。

这名猎人摇了摇长矛，确定它已牢牢插入地下，这才走回森林深处。

芮恩觉得恶心想吐。

原来那个挂在长矛上的东西，竟然真的是个拳头，是高朋被砍下来的手。

这根诅咒杖用意再明显不过，**这条路被封锁了。**

芮恩目不转睛地看着那枚拳头，想象自己下半辈子像高朋那样，再也没办法使用自己的弓……

有人从她右边走来。

她的心猛地一抽。

托瑞克正沿着小径朝她走来。

第九节

汗水从芮恩的脸侧淌了下来。

托瑞克正沿着小径朝她走来，到处找她。他没看到山坡上那群猎人，树林挡住了他的视线，所以同样的，那群猎人也没看到他。可他们会看到的，再走个十五步左右，等他走进那片斑驳的阳光，那儿有一道被倒下的桦树凿出的缺口，在那儿就会泄漏他的行踪。

这群猎人宛若云影，悄悄爬过整片山坡，同风中摇晃的树荫，以及日光中斑驳的叶丛融为一体。芮恩不敢出声，也不敢用红尾鸟的声音发出警告，若不站起来，她没法朝托瑞克扔石头。

冷不防地，他停下来，看见了这根诅咒杖。

他迅速离开小径，继续前进，离那道缺口愈来愈近。

芮恩别无选择，尽管这么做十分冒险，她还是得想个办法警告他才行，她发出一声红尾鸟的哨音。

托瑞克闪入了灌木丛。

她感觉到猎人全转往她这边看，目光有如瞄准的长矛，一致朝着她藏身的地方。他们怎会知道那不是真的鸟在叫？她是提高了尾音，但那是只有她和托瑞克才知道的暗号，不可能有谁会注意到的，他们真是警觉得可怕，而且真的很多疑。

猎人开始下坡，朝她走来。

她惊慌不已，身体极度想跑，但她知道她唯一的希望就是不要动，保持不动，直等到他们几乎就要把她抓住，到那时，再像只野兔似的快跑，然后跳进河里，求守护灵保佑。

他们向四面八方散开，围住她，她绷紧神经准备快跑。

又一声红尾鸟叫，从他们后方的山坡传来。

空茫的头纷纷转了过去。

接着又来了一声，那一定是托瑞克，芮恩认出拉高的尾音，总之，他已设法躲在他们后面。

她屏住呼吸，看着他们朝着声音往上爬。

又是一声，但这次是从河边的芦苇丛中传来的，那怎么可能？托瑞克不可能跑得那么快。

突然间，一道影子从她头上扫过，蕊栖息在诅咒杖旁边的一棵杨树上，正在学红尾鸟叫。

猎人停了下来，染色的手指闪烁晃动，说着无声的话语。他们开始往下，朝着乌鸦栖息的那棵树走去。他们走过去时，距离芮恩藏身的杜松丛只三步远，但他们并没发现芮恩，他们凶残的心散发着腾腾热气，直让她喘不过气来。

蕊又学红尾鸟叫了一声，学得很像，然后等到他们靠近，它才恢复乌鸦沙哑的叫声，笑着飞开。

这群没脸的猎人静静地看着它飞走，这才沿着小径继续往前走，消失在森林深处。

"你没事吧？"托瑞克说，紧紧抓着她的肩膀。

芮恩点点头，她不停地发抖，硬是咬着牙，以免牙齿格格打颤。

"我们赶快离开这里。"托瑞克小声说，两人往回走到杨树丛那里。"他们迟早会发现我们的踪迹，"等芮恩确信自己可以说话时，她开口说："他们会知道我们来过这里的。"

托瑞克摇了摇头。"他们会以为我们和芬·肯丁一起走了。"他告诉她，他已经让留下的那只皮划顺流而下，因为他觉得乘皮划进森林深处太过招摇，他已经藏好他们的行李，掩盖了他们的踪迹。

"你怎么知道他们会来？"芮恩问。

"我不知道啊！要不是听到你的叫声，我连他们在那里都不知道，只不过我在被放逐时，就已经养成掩盖踪迹的习惯了。走吧！我好饿，以后可就没机会吃热的东西了。"

芮恩从没想过，他们会有进入森林深处的一天，生活在没有火的状况下。她虽然觉得这么做幼稚无知，但她还是四处搜索粮食，他们应该为之后的日子积蓄补给品，至少她想到了这点。

当她回来时，托瑞克已经把火生起。他在一块背对森林深处的岩石底下生火，而且只用细小干瘪的榉树树枝，剥开了树皮，这样才不会生烟。

芮恩心想，这些事情都是他在被放逐的时候学会的，这让她觉得，自己好像并不真的了解他。

食物让她的心情稍稍平稳一些。她把卷耳草、碎米荠、黑莓芽放在一起炖，又用余火烘焙了质感厚实的春菇、斑尾林鸽的蛋和蜗牛，蜗牛尤其好吃，因为这些蜗牛是吃鸦蒜长大的。

在他们吃东西时，瑞和蕊正在浅滩晨浴，翅膀拍得水花在身上一闪一闪的，而且还溅到刚打猎回来的狼身上。狼躺在岸边，装作不知道的样子。

芮恩剥了个蛋给蕊，轻声地和它道了声谢，然后她问托瑞克，"那些究竟是什么人啊？"

"野牛族吧！我想！个个都绑着绿头带，其中一个还戴着牛角护身符。"他问她小径上那根长矛是什么，她告诉他那是诅咒杖。"如果你没戴上该戴的符咒，直接从那根杖旁边过去，你会生病，然后死掉。你看不到那儿的诅咒，可是诅咒确实在那里，它会像火焰吸引飞蛾那样，把厉鬼吸引过来。"

他想了一会儿。"你有办法让我们过去吗？"

她全身紧绷起来。"也许吧！"老实说，她不是很确定，森林深处有着最厉害的巫师，她恐怕不是他们的对手。"不过他们不会只靠诅咒杖的，"她接着又说，"他们一定会严加防守。"

他没回话。每当他想说什么的时候，他就会把拇指放在上臂的伤疤那里摸啊摸的，眼下他就正这么做。"芮恩……"

"不要说出来！"她突然拦下他的话。

"什么？"

"他不是我的亲人，我没必要跟着你走，这实在太危险，我搞不好会没命。"

他紧咬着牙根。"这实在太危险，危险的可不只有他们，还有我。看看芬·肯丁什么下场，接下来可能就是你。"

她开口辩驳，但他抢下她的话。"还有，有人在夜里观察我们，我发现了一行脚印和一堆灰。"

"灰？"她努力想掩藏她的惊慌，"你觉得会是高朋吗？"

"一开始我是这么想的，但现在，我没办法确定。"

她明白他在做什么了。"你想赶我走，你为什么每次都这样？你以为这样就有用吗？你以为我当真会说，噢！那好，既然这样那我就回我氏族那儿去吧。"

"你是该那么做，真的。"

"我不会那么做的。"

他气冲冲地瞪着她，晨光中，他的脸看起来苍老许多，而且残忍。"芮恩，别说我没提醒你，无论如何，我都一定要找到泰亚兹。"

"很好，"她回答他，"那我们就动身吧！我们需要掩护，我们现在所在的地方是野牛族这边的河岸，所以我们最好想办法扮成跟他们一样。"

他利落地点了点头，"没错。"他说。

羊羊

"你看，"芮恩说，"为了不让他们发现你，我连野牛族都不怕。"她说得很真，可托瑞克才没被她骗，她和他一样，吓都吓死了。

冬季的时候，芬·肯丁曾经教他们一些藏匿的技巧，他们每天下午都在练习，芮恩表现得很好，这让托瑞克很泄气，或许因为她有巫师的力量，她总能让东西发挥出不同的功能。

首先，为了不被人发现，她去水底下找泥土，接下来，她用地衣和河泥作出褐色泛绿的颜料，在里头掺入木灰和大豌豆油膏，不但遮住了气味，还可防水；然后，她把她的氏族毛皮拆下来，塞进绑腿；最后，他们把颜料涂到对方的脸、喉咙、手和衣服上，一块一块地

涂，有些地方颜色淡些，有些地方则用木炭弄得暗点儿。

氏族大会的时候，他们就听说了野牛族会在头皮上涂黄土，弄得像树皮一样，于是他们把头发塞进外套，照着这么做。他们没时间做裹脸的网，所以就只把托瑞克的头带涂绿，并且也做了一条系在芮恩头上。再来，他们把泥沼放进箭袋做衬垫，以免箭卡嗒卡嗒响，然后他们还说好了新的警告暗号，最后，托瑞克拿猪草削了几支呼吸管，万一得躲入水底时，就可以派上用场。

一切准备就绪后，狼小心翼翼地走向托瑞克，怀疑地东闻西嗅，警觉地跳开。

是我，托瑞克用狼语跟他说。

狼垂下耳朵，吠了一声。

是我，过来。

万分小心地，狼走过去。

托瑞克轻轻地朝他的口鼻吐气，分别用狼语和人话跟他交谈，过了一会儿，狼终于不再怀疑。

"他刚才没认出你。"芮恩的声音紧紧的，不是很自然。

托瑞克想笑，但他上了一层掩护的脸硬邦邦的。"我看起来变化那么大吗？"

"你看起来很恐怖。"

他和她四目交接。"你也一样。"她光滑的绿脸像极了她的母亲，连动作都变得不太一样，她的身体和双手仿佛充满了神秘的力量，他因此有种感觉，好像碰她一下，手指可能就会被烧伤。

"你觉得这样有用吗？"她问。

他清了清喉咙。"远远看，或许有用，不能太近，最好的防备还是——"

"别被抓到。"她亮出锐利的牙齿，咧嘴一笑，又回到了芮恩的样子。

夜幕降临，被吃了一半的月亮爬上树梢，飞蛾在发光的白捕蝇草当中飞来飞去。托瑞克听到高大的云杉上，啄木鸟的幼鸟吱吱地叫着饿。

"该用符咒了。"芮恩说。

昏暗的月光中，高朋的断手在绑绳上缓慢地转动，照理那上头应该布满蚂蚁和苍蝇，但却什么都没有，而这就是诅咒的力量，没有任何生灵可以碰触它。

托瑞克和狼站在一旁守备，让芮恩走向诅咒杖。她走在暗影中，刻意走在羊蹄叶上，避免留下明显的脚印。她握着一束苦艾和花楸树枝，蹲在杖旁边，喃喃念起咒语，并且用那束草枝一次次敲打那根长矛。

水流声愈来愈小，树木也都静下来聆听，托瑞克感觉到诅咒沉重地悬在空中，他担心芮恩靠得太近，说不定那会渗进她的皮肤。

她大口一喘，骤然停了下来。"我没办法。"她小声地说。

"可以，你可以的。"他鼓励她。

"我的力量不够。"

他等着。

她又继续，最后，她叹了一声，站起身，把那束草枝丢进河里。

"有用吗？"托瑞克问。

"我不知道，等会儿我们就知道了。"

他们退后，小心地边走边去除足迹，托瑞克觉得，黑暗仿佛渗出了一股不安。

狼放轻脚步走向诅咒杖，坐在那儿，仰望那只血淋淋的手，突然间，他一口把手咬住，焦虑地想确定那东西是死是活，接着他小步跑开，安静地吃了起来。不久，他们听到矮树丛中一阵骚动，接着一声烦躁的呱叫，只见瑞和蕊飞了出来，嘴里各衔着一根手指。

托瑞克松开拳头。"我想那起作用了。"

"大概吧！"芮恩说。

他们走去拿他们的行李。

"月落之后我们再进去。"托瑞克说。

芮恩没回话，但他知道她在想什么，要怎么通过野牛族的守备，

71

至今他们仍无头绪。

云杉树上，啄木鸟的幼鸟不停吵着要东西吃。托瑞克发现这对啄木鸟爸妈很聪明，它们在蘑菇底下凿穴，利用蘑菇当屋顶挡雨，另外，它们会选择窟窿很多的空心树，这么一来，万一有貂鼠攻击，它们就有很多条路可以逃命。他想起芬·肯丁教他们藏匿时说的话，**首要之道，就是要学习其他的生灵**。

托瑞克看到啄木鸟爸爸带着孩子的晚餐飞进洞里，但接着却见它火速飞到距离稍远的另一棵树上，立在那里，大声地叫着，**嘀嘀嘀！不是那棵树，是这一棵！**

"我想，"托瑞克说，"我有办法了。"

月落了，风势减弱，树木个个屏息耸立、等待。

托瑞克跪在狼的身边，用狼语跟他说，他们得藏起来，不能被任何人看见，但是他们还是要猎捕"被咬的那个"，他不确定狼是否听懂了他在说什么。

他站起身，对芮恩点了点头，她也对他点了点头。

他们动身往上游走，没走那条小径。他们走过诅咒杖，逐渐接近巨石入口。

一只松鼠惊惶地爬到树上，一头公獐鹿快跑过去，白色的臀闪了一下。

很好，托瑞克心想，野牛族的人应该不在这附近。

应该。

芮恩走在他旁边，安静得仿佛只是个影子，狼的脚掌没发出半点声音。

云杉林等着他们，他们的臂膀满是黑黑的苔泥块。

托瑞克犹豫地停了一下，他想起橡树族巫师，想起贝尔，他深吸一口气，走进了森林深处。

第十节

狼竖起颈毛，托瑞克瞄了芮恩一眼，想知道她有没有看见。她看见了。

"**被咬的那个**"，狼说。

"在附近吗？"托瑞克问。

"**很多个大步。**"

托瑞克倾身靠向芮恩。"他找到泰亚兹的踪迹了，"他轻声说，"可他离这很远。"

"也没野牛族的踪迹？"

他摇了摇头。

她很迷惑，他也是。他们蹑手蹑脚，朝着河的上游，爬走在暗影幢幢的树林间。他们始终紧靠河岸行动，直到现在，全无野牛族的踪迹，倒是这片树林……树根绊住托瑞克的靴子，树枝用手指刷过他的脸，不过进了森林深处温暖多了，空气闻起来较清新，也较有生气。蝙蝠在上空飞来飞去，矮树丛悄悄摇着沙沙的声响。树枝、木段、卵石全沾满苔藓，托瑞克心想，这片绿，仿佛是被巨大的绿浪淹没之后留下的痕迹，在这底下，他感觉到树林巨大的力量正密切守备。

狼一个转身，跑向一棵梣木。他用后腿站立，两只前掌放在树身上，嗅着一根低垂的树枝。怪怪的，他跟托瑞克说，胡须抽动了一下。

托瑞克摸了摸这根树枝，手指湿湿黏黏的，闻起来有股奇怪的土味。

芮恩指向树枝。**这是什么？**

他摇了摇头，把手往绑腿上抹了抹，后悔自己伸手去摸，大家都知道森林深处的氏族很懂得下毒。

他们来到一片低语的杨树林，一踏进林子，林子立刻默然无声，好似它们不想被人偷听什么。

狼停下脚步，往空中嗅寻。

"**被咬的那个**"，在河的上游。

托瑞克还在思索刚才的事，这时狼低下了头。

洞穴。

托瑞克一眼瞥见杨树林另一头，一片漆黑之中有影子在动，庞大的外形应该是营帐。

"营地！"芮恩在他耳边轻声说。

"而且狼说泰亚兹过了河，在森林野马族的地盘上。"

"我们得回头。"她催促地说，"穿过下游。"

那样便得冒险，狼可能会被搞糊涂，泰亚兹的踪迹可能会不见，可他们别无选择，他们开始掉头往回走。

至少，他们还是试了，可托瑞克有种感觉，他们迷路了。河流似乎愈来愈模糊，而且他捕捉到一股刺鼻的、明显的鸦蒜的味道，这在他们进来的时候并不曾出现。

他紧张地穿越这重幽暗，一片叉在小树枝上的羊蹄叶在星光下发着微光，呢喃的空气冷冷拂过他的脸，就在这时，一只不知是猫头鹰还是蝙蝠的东西快速飞了过去。

那片叶子。

他骤然停下脚步，芮恩随即撞在他身上。

"那是什么东西？"

"不清楚，别动。"

那根小树枝刺穿这片叶子绝不是意外，小树枝像针一样地穿透叶身，直直下切，贯穿到叶脉右方，这肯定是个暗号。

贯穿到叶脉右方。

他往右边瞄了一眼，只隐约看到一个用树枝排出来的格架。

就在那儿。

右前方那儿，一棵树苗往后折弯，很巧妙地被几根交错放置的柴枝固定起来，柴枝尖端装上了可怕的钉锥。从交错的柴枝那儿，肉眼几乎看不到，一根高度及胸的绳子横在他走的小径上，再走一步，他就会启动这个陷阱，松开那棵树苗，让钉锥射入他的身体。

托瑞克舔了舔嘴唇，脸上的掩护吃起来灰灰粉粉的，他把陷阱指给芮恩看，她立刻把手伸到肩上，那个位置之前放着她的氏族毛皮。

他们不得不从杜松丛钻过去，以绕开那道狡猾地设在荆棘丛间，让猎物自投罗网的陷阱。穿过树丛之后，芮恩咬着牙嘶了一声。"这不是我们刚才来的那条路。"

"我知道，我能发现那个陷阱已经是侥幸了。"另一句话倒是没必要说，不知道还有多少个陷阱等在前面？

狼转头望向河面，他们顺着他的目光看过去，那片阴影刚才在动吗？

只一眨眼，星光照在一支长矛的尖上。

野牛族可能就在二十步远的地方，朝上游走来。托瑞克和芮恩缩进蕨丛，极慢极慢地，以免因动作突兀引起注意。托瑞克的思绪乱极了，上游是野牛族的营地，下游是回去开放森林的通路，那儿说不定会有更多致命的陷阱。河岸一带，至少会有一名野牛族人负责守备。

芮恩听到了他的思绪。"我们这会儿可得试试你的计划了。"

"你有办法把箭射出去吗？"

"应该可以，只要爬上树去。"

他点了点头。

芮恩找了棵高大的菩提树，这棵树看起来比别的树好爬，因为它粗厚的树身上有道古怪的蛇纹。"被雷劈过，"她轻声地说，"可还是活了下来，也许这会给我们带来好运。"

我们真的很需要好运，托瑞克心想。他的计划很简单，如果奏效的话，他们就可以成功地把野牛族引到北方，远离黑水一带，这样他们就可以悄悄地过河。

如果奏效的话，他愈来愈没有信心。

他扣住双手，把芮恩推上树，然后他跪下来，叫狼别跑太远，天亮的时候就要回来，而且一定要留意陷阱。

狼的口鼻扫过他的眼皮，气息温暖了他的脸。**注意安全，狼兄**

弟，他跟托瑞克说。

狼是那么地信任他，而托瑞克正带着他进入极度的危险里。

托瑞克一个冲动，拿出药袋里的鹿角药罐，倒出一些大地之血，涂在狼的额头上，因为只有涂在那里，才不会被狼舔掉。**注意安全，狼兄弟**，他说。他把手放在菩提树粗糙的树皮上，乞求森林一定要保护狼。

雷击的树疤比他的手腕还粗，他爬在那上头，就像爬在绳子上一样。他觉得这棵树感应到了他们的存在，他请它不要遗弃他们，他往下看去，狼的双眼闪着银光，不久就消失在黑暗中。

托瑞克和芮恩缩在三枝大树干汇聚的树杈上，睡袋是卷着的，他们只能靠鹿皮大衣保暖。"我们得在这儿等到早上。"托瑞克轻声说，"应该不会被发现。"不过万一被看见了，也应该没法逃掉，这一点，两人谁都没提。

芮恩指向野牛族营地北方一棵高大的云杉，云杉上方的树枝像是刺进了星星，它们说不定还可以勾住高升的太阳。她从箭袋里抽出一支准备好的箭。

瞄准的时候，她的脸专注而紧张，掩护让她看起来一点都不像她，托瑞克心想，她已经融入了森林深处。

她的弓发出嘎的一声，她赶紧把弓放低一点。今夜真是太静了，野牛族说不定会听到拉弦的声音。

好不容易，一阵强风唤醒了树林，她瞄准之后，把箭射出去。箭击中了云杉，绑在箭上的重物东摇西晃，芮恩再搭一箭上弓，击中另一棵树，这次更远、更偏东，然后一支又一支，每次都得等到风起，以掩盖拨弦的声音。

现在，他们得等到日出，一心希望这个计划奏效。

他们什么都没了。

77

黑暗中，火光闪闪发亮。

芮恩紧抓着托瑞克的臂膀，野牛族的营地比他们想象中的还更靠近。

他们躲在高耸的菩提树上，看着高大的身影一个个蚂蚁似的，果断而安静地移动，其中几个围着营地中间的一棵树，往低处的树枝上涂深色的东西，另外两个跪下来，又去点燃一堆火。

托瑞克很迷惑，如果说，明明可以用树枝去接最初那一堆火来用，为什么还要大费周章再点燃一堆火？而且他们并不拿火石打火，其中一个把柴枝夹在掌中，不断转着柴枝，让柴枝钻入地面的柴堆里。接着一脚踩住柴堆，又用牙齿咬住一块十字板，开通钻孔。生效了，柴烟袅袅上升，另一个人往火里放了些芒刺苔藓，火随即燃烧起来，等火整个烧起来，每个人都跪下，把额头叩在地上。

又有野牛族人从森林里出来了，托瑞克数着，五个、七个、十个。每个男人都带着一把斧头、两把刀，以及一块盾牌——那是一块和手臂等长的楔形窄板，他们把尖细的一端插进土里，然后脱下脸上的网罩，露出块状的头颅和凸如山脊、凹如沟槽的一张怪脸。

托瑞克骤然冒出一阵冷汗，高朋说得没错，这些人真的很怪。

接着他们在火上放了几个叉子，不久，他闻到一股熟悉的烤松鸡的香味，这和他们安静的营地实在很不搭调。

"为什么他们都不说话？"他小声地问。

"我想，他们是想让自己跟树更像。"芮恩放轻声音说，"这是森林深处的人最大的希望——和树木一样。"

"那边看来盾牌比人还多。"

她点点头，举起三根手指，那儿有三名猎人，昂着头走来走去，他们爬上这棵菩提树是对的。

他们轮流睡，轮流守备。一阵小雨轻轻落入托瑞克的梦中，然后森林变成一片黑暗澎湃的大海，夜鸟如鱼群般轻快掠过，远方传来一只鹰鸮呜呼、呜呼的叫声。

芮恩的肩膀抖个不停。"就快天亮了。"

他眨了眨眼，揉搓着抽筋的小腿。这天风很大，干燥的南风一阵又一阵。花鸡和鸣鸟已放开喉咙高声啼叫，斑尾林鸽才刚要小试身手。

"我希望瑞和蕊还在睡，"芮恩喃喃地说，"我们现在最不需要的就是乌鸦来打招呼。"

托瑞克努力露出笑容，他愈来愈觉得他们的计划不会成功，就算成功了，他们也只有短暂的机会游过黑水，之后，他们将进入森林野马族的地盘，随着时间的流逝，泰亚兹愈走愈远。

灰暗的天光渗入营地，托瑞克看到围在那棵榉树四周凸凸的营帐。

他凝神注视着，怎么可能？那些低处的树枝全是红的，那并不是晨光，而是树枝本身——树皮、枝干、叶子——全涂满了大地之血。怎么回事？他心想，怎会有人把整根树枝都涂成红色的？

没时间猜了，太阳升起来了，再过不久，他们就要行动了。

北方，高高的云杉树上有个东西闪闪发亮，还有偏东的那边也是。芮恩机敏地对他张嘴一笑，好远，这计划开始奏效了，他们绑在箭身上的火石片在风中发着微光，叮叮当当地响。

野牛族的人已经发现了，男人一边指着那里，一边跑去拿武器和盾牌。

很快，托瑞克和芮恩爬回地面，狼现身了，他的毛皮沾满了晨露，他们动身往河岸走。

俯临黑水的柳树，在夜里依旧挺立。没看到野牛族的人，托瑞克祈求上苍，但愿他们全都中了这调虎离山之计。他们迅速脱下靴子，和卷起来的睡袋绑在一起。沿着河岸，他们走进芦苇丛，小心翼翼地，就怕惊动任何水鸟，泄露了他们的行迹。浅滩上横七竖八地倒着

一棵棵枝叶繁茂的树苗，这是从上游被泛滥的河水冲下来的。

"正好可以掩护。"芮恩小声说。

他们冒险地扬起紧绷的笑容，说不定，这真的会成功。

他们提起一口气，随即走进冰冷的河水。托瑞克两脚陷入冷冰冰，满是枯叶的烂泥里，他看到芮恩因为恶心而紧紧闭着脏兮兮的嘴唇。他抓了一棵浮在水上的树苗当掩护，她也照着做。他们游在狼的后面，狼已过了河的一半。

黑水并不象表面那般昏沉无力，要抗拒它来自河底冷不防的拉扯，相当吃力。

突然间，狼变换方向，反朝着他们游了过来，他的耳朵警觉地贴在脑后。

"那是什么？"芮恩小声问。

托瑞克感到一阵反胃，河流正中那些木段，他们正飘向上游，而且其中一些还长着眼睛。

其中一个抬起头来，托瑞克看到一张凶恶的绿脸，脸上刺着树叶的图腾，一条棕色的头带，用马尾结辫的长发。

森林野马族的突击队，正朝他们直直游来。

第十一节

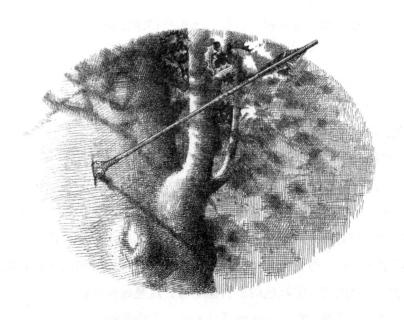

"潜进水里，游回岸边。"托瑞克告诉芮恩之后，便潜入水里。他找不到他插在腰带上的呼吸管，真糟糕，看来他得要憋气了，希望芮恩刚才听到他说的话了。

她听到了。他在一片芦苇丛中浮出水面后不久，她也来到这里，浮出水面。

森林野马族没看到他们，那些绿人俯着身，双手不出声地划水，炭黑的齿间紧咬着刀子。

狼离托瑞克不远，他拖着身子上了岸，大剌剌地甩着身子。

一双双眼睛在刺着叶图腾的脸上朝旁边一闪，接着目光又再移回，一只落单的狼他们没兴趣。

芦苇丛是个很好的掩护，托瑞克和芮恩得以从这里爬上河岸，找出他们所在的方位。托瑞克大吃一惊，诡变多端的黑水没把他们带离营地，却把他们带到了离营地更近的地方。

全身湿透的他冷得不停发抖，不知接下来该怎么办才好。眼下这个时候，野牛族恐怕已经发现了他们的计谋，回头转往河边，分散开来到处追捕不知名的入侵者，他和芮恩将被困在野牛族和森林野马族之间动弹不得。

除非他能引开这两方的人马。

"往下游去。"他小声地对芮恩说，"过了弯口之后，待在那儿等我，我会到那里和你会合。"

她睁大了眼睛。"你要去哪儿？"

"没时间解释了！小心陷阱！"

他交代狼跟在狼群姐妹身边，随即朝着野牛族营地走去。他尽他所能地走到离营地最近的地方，蹲下来，从箭袋里迅速抽出两支箭，接着拿出药罐，急急把大地之血涂在箭身上，他不知道那些红树枝对野牛族有何意义，但红色的箭目标明显，这是最重要的。

他一直蹲着，拿起一支箭搭弓上弦，等待时机。

他瞥见一名森林野马族猎人上了岸，鬼鬼祟祟地直起身子，水从他身上静静滑落，完全没打在叶子上。

托瑞克拿起弓箭瞄准，他的射击不像芮恩那么神准，不过他并不需要，他的箭啪的一声射在不远不近的一棵冬青树上。

森林野马族猎人转身追了过去。

由眼角的余光，托瑞克看见一名野牛族猎人正往河边走去，他的肚子十分紧实，移动的速度比他所想的还要快，他松开第二支箭，射向另一棵树。

托瑞克没停下来看他们的反应，拔腿便跑，他拼命往下跑到芮恩等他的地方，如果他的计谋奏效，两方人马都会被那两支诡异的红箭吸引过去，然后……

他身后传出大吼大叫，以及长矛撞击的声音，他心里涌上一股原始的快感，野牛族和森林野马族打起来了，他和芮恩正好可以游过河去，追捕泰亚兹。

芮恩的身影暗幽幽地出现在一丛浓密的云杉林中，朝他招手，他随即握住她的手，任她带着他穿过幽暗，来到她发现的藏身之处：一个荒枯了的橡树洞。一路上，她握着他的手火热得像灰烬一样。

他大喘着气，累得靠在树身上，她的手指松开了他的手，他不安地笑了起来。**"真的好险！"**

没回音，树洞里只有他一个人。

距离二十步远的地方，狼从一丛柳树当中跑了出来，后面跟着芮恩，全身湿答答的，看起来气急败坏。她小声地说，"你刚才是到哪儿去了？"

第十二节

"刚才那人是谁？"托瑞克咬着牙问。

"什么谁是谁？"芮恩厉声问，他的消失把她吓坏了，她正极力忍着，不想被他看出来。

"有人牵住我的手，我还以为是你。"

"当然不是。"

他一把抓起她的手。"你的手是冷的，可那人的手是热的。"

"我当然是冷的，我全身湿透了！你是跑哪儿去了吗？"

野牛族营地那边传来高声的喧闹，痛苦的尖叫。

"待会儿再跟你说，"托瑞克说，"趁现在有机会，我们赶快过河吧！"

芮恩因为太冷了，反倒觉得黑水温暖。湿透了的行李重重地压在她的背上，加上水流又急又猛，就在她游到河中央的时候，水流将她拖到水底。她奋力踢水，让自己回到水面，气冲冲地吐出一堆叶子，托瑞克和狼领先在前，没注意到。

南岸纠结盘缠的柳树阴森森的，一靠近那里，她便心惊胆寒。她脑海里总出现叶子脸猎人瞄准的画面，她心想，才逃出虎掌，又入了魔窟。

看起来没什么反应的他们，似乎并不觉得害怕。狼一骨碌爬上河岸，精神奕奕地甩抖身子，随即开始嗅寻泰亚兹的气味，托瑞克悄悄蹚着水走向柳树丛。

看他朝树林扫视的模样，芮恩感到不寒而栗，上了伪装的他简直像是生活在森林深处的一分子：暗黑的脸上，张着一双冷漠银亮的眼睛。

他快速看了她一眼，点了点头——**没有任何东西**——接着便消失在柳树林里。她努力甩脱脚上的水草，就在这时他伸出手，将她一把拉进树林。

"这儿一个人都没有，"他说，"我想他们都过河去攻击营区了。"

他们匆忙地拿草弄干身子，也往靴子和衣服里塞了一些暖身。托瑞克砍了好些杉叶藻，抹掉头带上的绿色，芮恩照顾着她那把可怜的、湿透了的弓。

狼发现了气味，一路朝南而去，他们愈走离河愈远，最后来到一处沼泽地，褐色的池里长着一片杨树林，芮恩想起陷阱、想起诅咒杖，以及藏在暗处的猎人，赶紧向守护灵祈祷。

这个区域寸步难行，他们只好从一棵杨树跳到另一棵，然后嘎吱地踩着倒树上的苔藓侧身行走，池水里结满了一团团的蛙卵，芮恩掉进去后再爬出来，全身又湿又黏。

她很努力想让自己相信，这座森林其实跟她生长的森林是一样的。她看见一棵云杉，满是细缝的树身上密布着啄木鸟塞入的松果，他们这么做是为了方便啄食种子，开放森林里的啄木鸟也会这么做。她在一个獾穴附近看见一堆叶子，过冬之后，獾就会不停地打扫，把旧了的睡床拖到外面。一切都是那么的熟悉，她这么告诉自己。

那是没有用的，树林小声地说，她并不属于这里，这里的啄木鸟是黑色的。

托瑞克发现了一些东西。

有棵梣木底下被刨出一个泥坑，五步宽，就连野牛刨出的坑都没这么大。狼迫不及待地朝那儿嗅闻，托瑞克把他的口鼻推往另一边，要他检视一只又大又圆的蹄印。"应该是什么巨型野牛？"他说。

芮恩点点头。"芬·肯丁说过，这里有些生灵，在大寒过后逃过一劫，我想这应该是峰牛。"

他皱了皱眉。"那它们是猎物？"

"我想应该是，不过有时候，它们也会攻击。"

远方，一只猫头鹰高声啼叫起来，呜呼，呜呼。

芮恩深深吸了一口气，她在心里，看见了鹰鸦族巫师恐怖的木脸。

托瑞克想的也是这个。"他们会不会一起行动？"他低声说，

"泰亚兹和欧丝特拉？"

芮恩吞吞吐吐地说："我不确定，他那个人很自私，应该会独吞火焰蛋白石，而且莎恩跟我说，她倒不是很确定，不过她觉得欧丝特拉应该在山上。"

"可是她的鹰鸮却在森林深处。"托瑞克说。

芮恩沉默不语，她看着他站起身，四面环顾，从他的表情，她看得出不管欧丝特拉是否也在这里，他都不会放弃，他非找到泰亚兹不可。

"托瑞克，"她说，"野牛族营地那边怎么了？你做了什么？"

他简单地告诉她，他如何让两个氏族针锋相对，这方法是很巧妙，可是他的残忍却吓坏了她。"可是，这样可能会害死一些人的。"她说。

"谁知道会不会搞成这样。"

"谁知道，也说不定森林野马族只是在做例行巡哨，你又不清楚。"

"我提醒过你的，我说过，无论如何，我都一定要找到泰亚兹。"

"不惜引起争斗，害死别人？"

狼疑惑地看了看她，又看了看他。

托瑞克没多理他。"上一个春季，"他说，"所有的人都在猎捕我，这一次，换我来猎捕。我发过誓，芮恩，所以没错，我很残忍，你如果受不了，那就别跟着我！"

他们默不作声地往前走，芮恩下定决心，再也不主动开口说话。

地面持续攀升，黑色的云杉渐渐消失，榉树开始出现。他们千辛万苦穿过及腰的荨麻，爬过腐烂且长满毒菇的树身，芮恩发现，这儿的树比开放森林的树长得高，因此也没那么容易爬，还有，这儿的木蚁并不只在树的南面筑巢，而是四面八方到处筑巢，这么一来，一不小心就很容易迷失方向。

看起来这儿并没什么人。

可是……

她身后有根树枝摇晃了起来，仿佛有个人悄悄走在看不见的地方。

她把手放在刀柄上。

树枝静止下来，没再摇动，这若是森林野马族的猎人，她想，这会儿也该知道了。

托瑞克一直走在前面，他跪下来，和狼说话，她快跑赶上他们。"我看到东西！"她喘着气说。

"狼也说他嗅到了什么，"托瑞克说，"他说闻起来像是火的味道。"

"也表示灰，牵我手的那个家伙……感觉非常的热。"

他们四目交接。

"不管牵我手的那个是什么，"托瑞克说，"它已跟着我们过了河了。"

由于天色渐渐暗去，他们决定撒去紫杉树下的营帐。

他们来到的这座山谷有个小湖，是海狸拦溪筑坝造出来的。芮恩看到湖中有个海狸窝：层层堆栈的树枝，上头还留有海狸啃咬树皮的黄色条痕。她猜窝里应该还住有海狸，因为湖岸上还有几棵柳树，芬·肯丁说过，海狸喜欢在迁移之前吃光所有的柳树。

一想到芬·肯丁就难受，她努力想象他平安回到乌鸦族，为鲑鱼洄游忙碌不已的模样。偏偏她的心，却一再出现他脸色苍白、弯腰驼背地坐在皮划里，说不定病虫已啃蚀到他的骨髓，而他却没有芮恩在身边帮他驱虫。

托瑞克和狼出去巡哨，为了不再去想芬·肯丁，她把行李留在紫杉树下，出去觅食，至少，这些植物让她备感亲切。她采集了一些肥厚多汁的虎耳草，以及味道辛辣的酢浆草，又由于不能生火，她便挖了些矛叶蓟和翻白草根，拿来生吃。

瑞和蕊飞了下来，急急拍着翅膀，发出饥饿的咯咯声，她于是丢了些草根给它们。冬季的时候，她试着让它们一听到她叫就飞下来，可它们始终不愿意像对托瑞克那样地站在她肩膀上。

她觉得心情好了一些，便拿着水袋去添水。湖面上浮着一层亮黄的花粉，湖水四周的树木全都倾向湖面，凝视着自己在水中的名字灵魂。芮恩把水袋放入湖水深处，以免舀进这些粉尘，同样的事情她以前从不需要这么费心，可来到了这里……

水袋装满了，她望着层层散去的涟漪，衷心希望托瑞克回来，回到从前的那个托瑞克：和狼又玩又闹地扯着兽皮，嘲笑她嘴角的雀斑。头一次，她忽然想到他母亲的父亲也是橡树族的——这意味着他和泰亚兹有着亲人的关系，她很后悔自己竟然生出这个念头。

水袋满了，当她把水袋拉上来的时候，她的名字灵魂紧盯着她看：一个深不可测、满头灰泥的野牛族人。

在那后方出现了一个身影。

慌乱中，她的心一震，看见了握紧的拳头，以及一头蓬乱的灰白长发。

她大叫一声，立刻转身。

什么都没有，只有柳树在动，离她很近。

她抽出了她的刀。

一根树枝嘎吱嘎吱地响，爪子卡卡地刮着树皮，她想象托卡若思飞快地从树上滑下，轻巧有如蜘蛛，她把水袋留在原地，飞一样地冲回营地。

托瑞克还没回来，可乌鸦高高栖在紫杉树上，不安地叫个不停。她的行李被搞得乱七八糟，箭袋被割开，当作护垫的苔藓被洒得到处都是，箭支几乎全被折断，幸好，她把弓挂在紫杉树上，躲过一劫，但她的睡袋却被放在土里乱踩，火种袋被劈成碎片，打火石被放到石头底下压得粉碎。怨恨和愤怒回荡在空中，宛如疾病。所有东西的表面都洒了一层细薄的灰。

芮恩抽出斧头，背靠着紫杉。"我才不怕你。"她对着幢幢暗影这么说，声音细弱，毫无力量。

一会儿，托瑞克和狼回来了，狼疯了似地跑去嗅闻芮恩的东西，托瑞克惊讶地张大了嘴。

"我在湖边看到一个东西，"她跟他说，"接着就是这里的这幅景象。"

"你看到了什么？"

"灰白的头发，看起来很生气。"

他缩了一下。

"你知道那是什么吗？"她问。

"不，我——不知道。"他着手搜索，可天色全暗，他什么也没找着。"它一定知道如何掩盖踪迹，"他说，"要不就是它根本没留下任何踪迹。"

"你这话是什么意思？托瑞克？那到底是什么？"

他噘着嘴，站了起来。"不管那是什么，我们都不能睡在地面。"

这棵紫杉不喜欢被攀爬，它用团团花粉呛他们，让树皮剥落，闪避他们紧抓不放的手。有两次，一根树枝左摇右晃起来，一直想把他们甩下树。当他们终于安全进入树的臂膀，已是满身刮伤，筋疲力尽。

"起风了，"托瑞克说，"我们最好把自己和树绑在一起。"

芮恩把他们湿漉漉沾满沙砾的睡袋挂起来晾干，望向下方一片幽暗，她看见狼静静地踱着步，她说："只能寄望狼和乌鸦会在危险的时候给我们警告了。"

　　狼绕着紫杉，一圈圈跑个不停，轻蔑地竖起一身毛发。看到无尾们往树上爬的时候，他觉得好讨厌，他们为什么要这样呢？

　　正常的狼是不爬树的，正常的狼喜欢夜晚，这可是他们最棒的时光，可以到处跑啊玩的，他们才不会缩成一团，睡个不停。

　　狼讨厌这里的一切，这座森林感觉很不一样，每棵树都万分警戒，气味混乱不清，有些树闻起来像土，而一些住在这里的无尾闻起来却像树。他们愤怒、恐惧，即使每个狼群的地盘都很大，却还是打架，狼不懂为什么。更糟的是，"无尾高个子"和狼群姐妹不仅毛皮改变，就连气味也都变得很不一样，这让狼简直认不出他们。

　　厉鬼磨爪的声音加上鹰鸮的高声呼叫，狼被扰得根本没法好好睡觉。有时一醒过来，他便闻到一股刺鼻的气味，那是个闻起来像火的无尾，这个无尾让狼很不安，因为他的心是破碎的，所以狼根本没法感觉得出他到底想做什么。

　　狼绕着树根四周走，碎心无尾的气味浓浓地冲进狼的鼻子里，不过他感觉得到，这个无尾早就走了，也说不定他爬上了树。狼决定要守在这里，以免那个无尾又跑回来。

　　天空中，月亮半开半闭，困倦地望着众多星星。狼悄悄跟在一只鼬鼠后面，却被它逃了。他抓到一只飞蛾，可飞蛾搞得他直打喷嚏，他于是把它吐了出来，无尾们还在睡觉。

　　狼突然竖起耳朵，山谷下方，乌鸦叫个不停，它们发现了一头死了的小鹿，希望狼能过去，把鹿撕开，这样它们才有东西可以吃。

　　狼不知道该怎么办，他必须待在这里，守护无尾。

　　可他实在很饿。

第十三节

夜正深，森林里其他的居民出现了。

蝙蝠轻快地从紫杉树洞中飞了出来，一只灰色的猫头鹰栖身在托瑞克那根树枝的末端，它摇摆着身子，映着月光的双眼牢牢盯着他的眼，他也盯着它，直看到它飞走。

真是骚乱的一夜，每棵树都万分警觉。

他自己也是。

究竟是谁——是什么——动了芮恩的行李？会是贝尔复仇的灵魂吗？还是别的什么？**一个内心燃着火的灰发猎者**，莎恩的预言不知意味着什么。

他拉紧绑着自己和树身的绳子，转过身去，想看看另一侧的芮恩是不是醒着。她像只松鼠似地缩着身子，睡得很沉。

他真想赶快前进，眼下泰亚兹就躲在这座神秘山谷的某个地方，而踪迹却愈来愈令人泄气，就连狼都无法追踪下去。

靠近地面的树枝沙沙作响，有个巨大的东西硬是往这儿挤了过来，托瑞克没法看清，不过当那个东西愈靠愈近，他倒是听到了喀嗞喀嗞的喷气声，接着便看到一个大圆石似的黑东西从他下面走过。他隐约看见硕大如峰的肩，还有个长了半月形短角的大头。

峰牛。

他看见这家伙把背靠在紫杉上，肆无忌惮地磨起背来，弄得这棵树不停地发抖，接着，它发出低沉满足的呼噜声，大摇大摆地走了。

不久，托瑞克听到熟悉的声音，是马群在甩尾。马群从他底下过去，他隐约看到一匹小马，摇摇晃晃地躲在母亲的肚子底下吸奶，还有匹年轻的母马，小心地用嘴梳理另一匹年纪较大的马的马鬃，由老母马伤痕累累的臀部看来，可知它曾在多次的猎捕行动中死里逃生。他感到敬畏而平静，它们不像开放森林中的马是暗褐色的，这里的马黑得有如没有月亮的夜。

芮恩在睡梦中喃喃自语，带头母马猛然把头高昂起来，圣马群如一场梦似的逐渐消失在黑暗深处。

它们离开之后，森林感觉好冷清，托瑞克真希望狼和乌鸦赶快回来。

风势愈来愈强，每一棵树都吱嘎哀叫起来，他很好奇它们在说什么，如果他懂它们的语言，它们就可以告诉他，要到哪儿才能找到泰亚兹。

这个念头宛若小石头落入水池那般来到他的心里，**成为其中一棵树，心灵行走。**

他不确定自己是不是真敢这么做，树木是所有生灵中最神秘的一群，它们抱藏着火，给万物生命，唯一的食物是阳光。在所有生灵中，只有它们是在失去一只臂膀后，又会长出新的一只。有些树从不入睡，可有些树，却在最酷寒的冬季赤身长眠。它们目睹猎者与猎物匆匆的生命，从不透露自己在想什么。

托瑞克扯开药袋，找出他偷偷藏在里头的黑树根，这是莎恩给他的，就连芮恩都不知道。**在你需要时你可以拿来用**，她当时这么说。

他拼命咀嚼，口中立刻冲入一股苦味，这树根药效很强，他还没吞下时，痛苦已刺穿他的五脏六腑，痉挛一阵紧接一阵，他的身子对半折弯，绑绳嵌进他的腰腹，他开始害怕起来，他应该叫醒芮恩的，可是生皮紧紧绑着他，他够不着。

痉挛愈来愈剧烈，一波波浪潮毫不松懈地吸吮他的灵魂，他张开嘴，大叫芮恩的名字……

接下来，他的声音就变成了树皮的呻吟和树枝的低鸣，他的手指成了细小的树枝，体验着冷冽的月光、刺骨的风，他粗大的树枝感受到黄蜂的抓刮，以及沉睡的女孩和男孩的重量，他的根探入泥土深处，发现了挖地洞的鼹鼠和软绵绵看不见的蠕虫，这一切真是美妙，因为他是棵树，在夜的狂乱中，他满心欣喜。

托瑞克的灵魂微粒迷失在川流不息的树血之中，灵魂乞求这棵树告诉他该往哪里去找泰亚兹，这棵紫杉轻叹一声，将他高举，放入黑夜。

托瑞克就像是疾风中闪出的一丝火花，任凭摆布地穿过森林，飕

飕飞过各种声音，从紫杉来到冬青，从幼苗来到树苗，来到巨大的橡树，速度之快，连狼的快奔、乌鸦的高飞都比不上，恐惧占据了他的心，太远了，他心想，永远也回不去了！

终于，他停了下来，小树枝手指感觉到由高山狂吹下来的寒风。他置身在另一棵紫杉的金色树血中，这棵紫杉很老，老得难以想象，古老得有如这座森林。它的大树枝刺入星空，树根使得石头裂开，它把厉鬼困在异世界里，它的枝干庇护了猫头鹰、貂、松鼠和蝙蝠，对于那些住在它身体里的生灵，它就是全世界，可对于这棵大紫杉而言，它们的生命却短暂得有如一片飘摇的叶子，即使它们消失许久，大树依然屹立不摇。

托瑞克迷走在这浩大的意识里，感觉到托卡若思的爪子刺在树皮上，听到厉鬼为了得手的火石疯狂乱叫，火焰灼烧他的树枝，他感觉到橡树族巫师绕着圈子，正在念咒。

橡树族巫师高举双臂，伸向天空。**我就是准则与真理，我是火的主人，我是森林的统治者！**

起风了，大紫杉的声音随之扬起，托瑞克淹没在众多声音里，森林里的树——高昂耸立，化成了似有若无的呼啸，将他撕裂……

"托瑞克！"芮恩轻声呼叫，"托瑞克！醒醒！"

他转过头，她发现他根本不认得她，他两眼空洞，张着眼却什么都看不见，那里头没有灵魂。

没有灵魂，他在心灵行走。

芮恩醒来，全是因为她听到托瑞克在拉扯绳索试图脱身，这会儿，只见他跪在树枝上，摇摆不定，念念有词，她真怕他一脚踩空，把脖子摔断了。

她悄悄绕过树身，走到他那一头，偏偏他所在的地方她够不着，她没再往前，深怕惊吓到他。

终于，他开口说话了，声音空空的，根本不是他原本的声音。"我是大紫杉，"他对着疾风说，"我比森林还古老，我源起于第一棵树的树根，在长寒最后一场雪融入大地之时，我是棵幼苗，在巨浪来临之时，我是棵树苗，我从不知睡眠为何物，但我清楚什么是愤怒……"

芮恩不知道该怎么办，她的巫术力量不够，叫不回他的灵魂，她伸出一只手，向守护灵祈祷。

树枝上的托瑞克站了起来，开始行走。

疼痛猛地打醒了他：一只乌鸦正在用尖嘴拉扯他的耳垂。

他昏昏沉沉，风吹在脸上，脑中是树的呼啸。

"托瑞克！"芮恩的声音从远方来到他心里，"托瑞克，看着我，就只看着我，**千万别动！**"

乌鸦撑住他的肩，他蹒跚走了起来，脚底下，地面摇个不停。

不是地面，是树枝，他站在树枝末端，抓在手里的是虚无的空气。

"看着我，"芮恩命令地说。她蹲在树干旁边，一手抓着缠在树身上的绳索，另一只手尽其可能地伸向他。**"不要往下看。"**

他往下一看，突然一阵天旋地转，底下，就在紫杉的蛇形树根上，不知什么蹲坐在那里，他看见灰苍苍的头发，以及一张仰头凝望的白脸，他摇晃起来。

芮恩的声音把他叫了回来。"托瑞克，来——我——这里。"她漆黑的双眼牵住了他。

他跪倒在地，朝她慢慢爬了过去。

"你什么都想不起来吗？"芮恩问。

托瑞克摇摇头，抖个不停，十分想吐，她从没见过他状况这么糟，她能做的，只是帮他离开这棵树。

"想不起来解开绳子，在树枝上爬？什么都想不起来吗？"

"想不起来。"他含糊地说。

好不容易她打开了水袋。"来，你会舒服点。"

他没回应，背靠紫杉坐在地上，凝视着枝干。

风势早已减弱，天就快亮了，瑞和蕊栖在低处的枝干上睡觉，好消化芮恩为表感谢送给它们的马肉。她很怀疑托瑞克是否看到了它们，他的眼里闪着一抹陌生的碎光，她仔细打量，发现那儿不再只有单纯的淡灰色，在他两眼深处，有少许绿色的光点。

"我看到他了，"他说，"我看到泰亚兹了，他在高山一带，在施咒，他以为他可以统治森林。"他张开手脚在地上翻滚，觉得很想吐。

等他感觉舒服一些了，他倒在树边。"我还以为自己回不来了。"

"你这话是什么意思？"

他闭上眼睛。"当你的心灵行走在一只乌鸦身上，又或是一只熊、一头麋鹿，你便会停留在那只动物体内，可是树——它们是一体的。对它们来说，思考、说话、心灵行走，都是同样的一件事。树和树之间，桦木、榉树、冬青，它们全部一气相连，速度之快，走得之远，完全不是你所能想象的。"他拧着太阳穴，**"声音太多了！"**

芮恩只能无助地看着，她最担心的是，这次他心灵行走的时候，连身体都跟着动了，以前从没见过这种情形。

她知道人做梦的时候，若是让名字灵魂溜了出去，有时候就会一边做梦一边行走。身体会四处漫游，找回漂泊的灵魂，通常，他们会赶在失去庇护之前一起回来，可是托瑞克的事要如何解释，她完全没有头绪。

"你为什么要这么做？托瑞克？为什么会想心灵行走？"

他张开眼，"为了找到泰亚兹。"他犹豫了会儿又说，"我看见他了，芮恩，有时出现的是闪闪发光的金发，有时是他，一身湿透，责备指控。"

一股寒意悄悄爬上来，她从他的表情知道，他说的是贝尔。

她想起死亡仪式那天，托瑞克站在海边，对着天空大喊贝尔的名字。他仿佛很想被亡魂纠缠。"他为什么要指控？"她问。

他突然把后脑勺朝紫杉树上用力一撞，毫不留情。"我们吵架，我一个人跑了。"

噢！托瑞克。"你们——你们吵什么呢？"

他回避她的注视。"他想去问你，是否愿意留下来跟他在一起。"

芮恩突然觉得脸一阵热。

"他并不想跟我吵，"托瑞克接着又说，"是我，吵的人是我，我留他一个人守备，就是因为这样他才会没命。"

四面八方的鸟儿渐渐醒了，芮恩看到蕨丛上缩着的毛毛虫身上闪着晶亮的露珠，一只熊蜂在银莲花中这儿撞那儿闯。

这一切苦痛，她心想，贝尔的死，整族人的悲伤，芬·肯丁受伤，罪恶感带给托瑞克的煎熬，这一切都是因为泰亚兹，直到现在她才明白，食魂者的邪恶原来是这样散布出来的，像极了结冰湖面上的一道小裂缝。

"托瑞克，"她终于开口说话，"不能因为那样，就说这是你的错，凶手是泰亚兹，不是你。"

那只蜂落在托瑞克膝上，他看着它摇摇摆摆地前进。"那他的亡魂为什么要纠缠我？我非实现我的誓言不可，芮恩，我若做不到，他一定会永远跟着我。"

她想了想他说的话。"你说的也许没错，不过我也一定会跟着你，还有狼，还有瑞和蕊。"她停了一下，"总之从现在开始，别再叫我回去了。"

他噘了噘嘴，不以为然地轻哼了一声。他把那只蜂移到掌上，然后放它在一片羊蹄叶上。

天亮了，他们肩并肩坐着，看着晨光斜斜地射入森林。

过了一会儿，托瑞克说："如果他真的要你留下来跟他在一起，你会答应他吗？"

芮恩回过头，狠狠瞪着他。"这问题你怎么问得出口？"她十分火大。

他还是不懂。"我很抱歉，我……那样是表示不会吗？"

她张嘴打算回答的时候，狼回来了，鼻头上黑黑的沾着血。他跟他俩打了个充满腐肉气息的招呼，然后就去舔托瑞克的下巴，彼此交换了一种意味着交谈的眼神。

芮恩问他狼说了什么。

"火。"他告诉她，"还有——我不是很确定，什么东西破了，思想？心？破碎的心？"

"发疯。"他们异口同声地说。

他们根本没时间去想这是什么意思。

狼突然一声亢奋、奇怪的低吼，接着就冲进了矮树丛，托瑞克一把拉起芮恩，挡在她前面。五个猎人不声不响地从林子里出来，芮恩才刚抽出她的刀，对方已将他们团团包围。这些猎人身穿素色无纹的鹿皮衣，没有武器，也许，他们只是觉得没有必要带。芮恩发现他们没绑头带，那他们是哪一边的呢？

"你们得跟我们走。"一人平静地说，用着那种说了话没人敢不从的声音。"你们的追捕到此为止。"

第十四节

　　这个女的戴了一条榉树坚果串成的项链，看起来孤高冷漠，仿佛脑子里想的全都是别人不懂的事情。

　　芮恩猜她若不是巫师，就是领袖，也或许一人身兼两个身份。她褐色的长发十分蓬松，但有一绺头发，用大地之血贴在太阳穴上。她腰上挂了支鹿角叉，额头上的氏族图腾是个黑色的小分趾蹄。

　　"你是红鹿族。"芮恩说。

　　"你是乌鸦族。"女人一边说，一边平静地透视她的伪装。"还有你，"她转向托瑞克，"是心灵行者。"

　　他张大了口。"你怎么知道？"

　　"我们感觉到你的灵魂在走动，你瞒得了别人，瞒不过红鹿族。"

　　"他并没有特意隐瞒。"芮恩说。

　　"那么就是有人在帮他隐瞒了。"女人回答。

　　芮恩想问她这话是什么意思，可托瑞克着急地说："我母亲是红鹿族的，你认识她吗？"

　　"当然。"

　　他深吸了一口气，却哽在喉间。"她长什么样子？"

　　"这里不方便，"女人说，"我们会带你们到我们营地那里。"

　　跟她同行的一个男人，作出抗议的手势，那人的头发全都封在淡红的树皮里。"可是杜伦安，他们是外人！他们不可以到我们的营地，尤其是那个女孩！"

　　"我不是外人，"托瑞克说，"我是亲人。"

　　"你为什么针对我？"芮恩问。

　　"我们要到营地去，"杜伦安重复说了一次，转而对托瑞克和芮恩说，"你们可以带着自己的武器，不过你们用不上的，和红鹿族走在一起，你们很安全。"

　　芮恩觉得她说的倒是实话——毕竟，芬·肯丁也说过要他们去找红鹿族——可她就是不喜欢杜伦安，她瘦小的脸看起来像石头一样没有感觉，而且连问都不问他们叫什么名字。

杜伦安带他们走东边一条鹿径，路上清一色是灌木林，有两回，芮恩看到狼跟他们齐头并进。她很好奇他们就这样离开有着泰亚兹气味的路径，他是怎么想的，然而当她问起托瑞克，他却不想多说。"杜伦安说了，她会帮我们的。"

"她是说，我们的追捕到此为止，那句话也可能有别的意思。"

"他们是我的至亲，他们非帮不可。"

穿越灌木林并不容易，一个年轻英俊的猎人自愿帮芮恩背睡袋，她婉拒了他的好意，但马上就又后悔了。猎人猜到她的心思，还是背起了她的睡袋。

她指了指那个头上封了一层树皮的男人，他走在队伍前面。"他为什么不喜欢我？"

年轻人叹了口气。"有个乌鸦族的孩子曾寄住在族里，他帮食魂者造了一只恶熊。"

芮恩一阵火气冲上来。"那是我哥，他是上了食魂者的当。"

树皮男人愤怒地望向她。"你当然这么说了，那只熊杀死了我的女伴，所以我就是不喜欢乌鸦族。"

等那男人走远，听不见他们说话，年轻猎人道歉地说："他一直都很想念她。"

"所以他才用树皮封住他的头？"芮恩问。

"没错，我们向来把死者安置在他们选定的树上，然后用这棵树的树皮把头封住，表示纪念。"

"不过你们没有绑头带，那你们到底支持哪一边？"

他挺直了身子。"我们谁也不支持，我们从不争斗。"

芮恩扬起眉毛。"那其他氏族怎么看待你们这种方式？"

"他们嘲笑我们，可他们不会管我们。"

那也不过一时罢了，她想。她看了托瑞克一眼，可他并没听他们说话。他正聚精会神地听着他母亲所属的氏族的点点滴滴，表情充满

了期待。芮恩忧心不已，她希望这群奇怪冷漠的人，可别让他失望才好。

他们走了大半天，没多久，芮恩已分不清东西南北，最后，他们来到湖畔，湖中有座林木繁茂的小岛。有人告诉她这叫黑水湖，她大吃一惊，因为她都到了这儿居然一点都不知道。

红鹿族把营地设在湖上方，十分隐秘，她若不是看见了营火，根本就不会注意到，一座长满杜松的小山丘竟是她所见过的最大的营帐：她算了算，出入口共有七个，都挂了张红底绿点的鹿皮门帘掩着。几条狗跑出来检查她——来到森林深处后这还是她头一次遇见狗，它们在她身上嗅出狼的气味，一溜烟跑了。小孩朝屋外偷窥，接着又躲进屋里。

这儿出奇的静，不过这是她在大白天里，第一次有安全感。在这里她不会被抓走：这儿没有托卡若思、没有森林野马族猎人、没有灰发的讨厌鬼。碍于传说中的红鹿族巫术，他们不怎么敢靠近这里，不过她也只看到小小几捆绑在树上的树皮而已。

年轻猎人带托瑞克到湖边盥洗，一名妇女招手叫芮恩到另一处僻静的湖湾。经过一番劝说，她这才脱下衣服，抖个不停地站在那儿，让女人拿着一个硬硬灰灰的泥块，帮她刮掉森林深处的伪装。回到真实的自己真好，只是她的皮肤刺刺痛痛的，她问那个灰泥块是用什么做的。

女人很惊讶她居然不知道。"那是灰呀！我们把绿蕨丛烧成灰之后，加水进去和，然后烤干。"

灰，芮恩心想，每次都是灰。

"森林深处的人都是用这个，"女人说，"它就好像石碱草，可是又更好用。"

又一个女人带了衣服过来，有绑腿、有沿边镶了野兔毛的獐鹿皮

104

背心，以及舒适的麋鹿皮靴和一件柔软的连帽斗篷。芮恩以为那是树皮做的，后来才知道原来是荨麻的茎。每件衣物都很合身，可是一知道她原来的衣服全被烧掉了，就只留下氏族毛皮，她又气又恼。

"可是我们的衣服明明比较好。"女人抗议地说。

衣服比较好、浆洗物比较好，什么都比较好，芮恩不以为然地这么想，也许，我们应该放弃一切，什么都照着他们的方式做。

为了让自己安心，她佯称要去方便，确定周遭没别人之后，她卷起一边绑腿，拿出海獭族送她的那把海狸牙齿做的小刀，用剩下的弓弦把刀绑在小腿上。好了，这样保险一点。

回到营地，她看到托瑞克坐在火边，身上也穿着新衣，伪装全被刮除了。看到他回到从前的样子，她松了一口气，不过他们拿掉了他的头带，他一直伸手去摸他那枚放逐者图腾。

等氏族里的其他人都围着营火坐下，他挪了个位置给她。"别绷着张脸。"他小声地说，"他们是在帮我们，闻到那味道没？"

她不以为然地哼了一声。"想必又是比我们更好的东西。"

不过她不得不承认，那味道确实很香。他们把树根编成的篮子直接挂在灰烬上，篮子里满是香喷喷的炖菜，有蘑菇、蕨叶和野牛肉块，烹煮的时候，树根篮子差点就被烧穿。除此之外，他们还准备了美味的榛果片加松花粉做成的薄煎饼，外加一大桶可舀起来淋在食物上的蜂蜜，以及热腾腾的云杉针茶。

能再在火边烤得暖烘烘的真好，唯一可惜的是，跟森林做了简短的祈祷之后，红鹿族就开始安静无声地吃东西，再没人说话。芮恩难过地想起乌鸦族吵吵闹闹吃晚餐的情景，大伙儿都争相交换打猎的故事。

晚餐一吃完，杜伦安开始问托瑞克问题，令人意外的是，她完全不想知道他们跑来这里的原因，她只想知道心灵行走到树里是什么感觉。

托瑞克辛苦地解释。"我是棵紫杉，然后在树木之间移动，好多

105

好多的声音……让我很难受。"

"啊!"族里每个人都发出一声轻叹。

就连杜伦安都显出了一些震撼。"你听到的是森林的声音,包含了所有现存的树和以前的树,那速度之快,根本没有人承受得了,那声音你只要听了一眨眼的时间,灵魂就会四分五裂,不过无论如何,我都很羡慕你。"

托瑞克吞下口中的食物。"我母亲……你说你认识她,跟我说说她的事好吗?"

杜伦安挥挥手,打发了他。"她选择离开,我没什么可以跟你说的。"

"没什么?"托瑞克惊得呆住了。

芮恩很替他感到不平。"估计你当时一定曾经设法找她吧?"

杜伦安冷冷一笑。

"可是——她和托瑞克的父亲当时正在对付食魂者,他们需要你的帮助。"

"红鹿族从不争斗。"杜伦安说,一双有如榉树坚果的褐色眼睛,活灵活现地看穿了芮恩的灵魂。"我知道你懂一些简单的巫术,一进入森林深处,你就使不上力了,你并不是巫师。"

她说得没错,这次换芮恩感到深受羞辱。

坐在她身旁的托瑞克显得很激动。"你根本不了解芮恩,去年夏季,她警告大家,说她看见有洪水会来,她救了所有的氏族。"

"确实如此!"杜伦安说。

托瑞克昂起下巴。"我们根本是在浪费时间,你说我们的追捕到此为止,那你知道橡树族巫师在哪里吗?"

"森林深处并没有什么橡树族巫师。"杜伦安郑重地说。

"你胡说,"托瑞克说,"我们一路追踪他到这里,行迹一路往南。"

"如果有食魂者来到森林深处,红鹿族不会不知道。"

"过去你也不知道，"芮恩说，"那个跛脚的浪人，一整个夏季都跟你们住在一起，结果你完全不知道他是什么人？"

这番话引得其他人小声议论起来，杜伦安紧紧抿着嘴唇。"你们的追捕到此为止，今晚我们有祈祷会，明天，我们会带你们回开放森林。"

"不！"芮恩和托瑞克异口同声大喊。

"你们完全不清楚自己闯了什么祸，"杜伦安说，"森林深处现在起了争斗！"

"但是你们从不争斗，"芮恩反驳说，"这样说来，那关你们什么事？"

"这关系着我们大家，"杜伦安说，"这让'世界灵'远离，森林因此枯萎凋零，想当然，你们在开放森林那边一定也听说了吧。"

"没有，我们什么都不知道。"芮恩说，"你就把事情的来龙去脉告诉我们吧。"

杜伦安望着她，眼神充满愤怒。"冬季的时候，'世界灵'会化身成发如垂柳的女人，出没于石、山之间；夏季时，他化身成头长鹿角的高大男人，行走在树林深处，这么重大的事你们总该知道吧。"

芮恩拼了命地忍住脾气。

"每到春季万物变化的时候，圣丛林的大橡树就会长出新叶，可今年春季它没长，叶芽全被厉鬼吃光，'世界灵'始终没出现。"她停了一会儿，"我们已经用尽了所有办法。"

"红色的树枝。"托瑞克说。

杜伦安点点头。"每个氏族都用自己的办法乞求'世界灵'，野牛族把树枝涂上颜色，山猫族和蝙蝠族献上牺牲礼，森林野马族也把树枝上色，他们新任的巫师还独自一人到圣丛林斋戒，寻找征兆。"

芮恩感觉到托瑞克直起了身子。"森林野马族的巫师，"他说，"是男的还是女的？"

"男的。"杜伦安说。

芮恩心跳开始加快。"他长什么样子？"

"没人看过他的脸，为了和树木融为一体，他不论何时都戴着一个木雕面具。"

"圣丛林在哪里？"托瑞克问。

"在马谷。"杜伦安说。

"那是什么地方？"芮恩问。

"我们不告诉外人的。"

"那是在谁的地盘上？"托瑞克问，"野牛族还是森林野马族？"

"圣丛林是森林的心。"杜伦安说，"那里不属于谁，原本谁都可以去，直到后来森林野马族巫师颁布了禁令。"

芮恩深吸了一口气。"如果我们告诉你，森林野马族的这个巫师是泰亚兹伪装的，你会怎么做？"

杜伦安充满同情地瞪了她一眼，其他人则是带着不相信的微笑。

"可是如果我们说的是真的，"托瑞克说，"你会帮我们吗？你会帮我、帮你的至亲，和食魂者作战吗？"

"红鹿族从不争斗。"杜伦安又说了一次。

"但你不能袖手旁观啊！"芮恩大声说。

"我们会祈求争斗停下来，"杜伦安反驳说，"我们会祈求'世界灵'到来。"

"那就是你的答案？"托瑞克问，"祈求？"

杜伦安一骨碌站起来。"我会让你们明白，我们为什么不争斗。"她一字一字像是在吐石子似的严厉地说，接着一把揪住托瑞克和芮恩的手腕，拖着他们走出营地。

他们往山上走，很快便来到林间一处小空地，落日余晖，闪亮的宛如黄色蒲公英飘飞的丝絮。那儿没有鸟唱歌，安静的气氛十分诡异，芮恩看到空地中间一堆泛白的枯骨，是两头雄红鹿的残骸。

显而易见，先前这儿发生了什么事。去年秋季的发情期，雄鹿为母鹿争斗起来，芮恩看见两个巨大的头颅撞在一起，鹿角卡成一团，为了脱身用尽力气，它们终究没能解开，最后困死在这里。

"这就是'世界灵'传送的征兆，"杜伦安说，"看到我族动物发生的事了！它们争斗，它们逃不开，它们活活饿死，这就是争斗带来的结果，这也就是为什么红鹿族绝不涉入的缘故！"

第十五节

就在杜伦安带他们回营地时，托瑞克却步了，芮恩开始和他站在同一阵线。"你还好吗？"她问。

"没事。"

她碰了碰他的手。"我知道你对他们的寄望不只如此而已。"

他刻意耸了耸肩，既然她是芮恩，那么她为他感到难过，他不会介意，不过他还是不想她多说什么，于是他开口说："我觉得他们坚持不争斗的做法是不对的。"

"我也觉得。"

"面对食魂者怎么能不战斗呢？如果大家都不战斗，这座森林一定会沦落在他们手中！"

"不过，"她模仿杜伦安高傲的语气说，"我们哪有资格去质疑红鹿族的做法呢？"

他露齿一笑。"尤其是你，你这个什么都不知道的乌鸦族。"

她猛地用手肘戳向他肋骨，他痛得大叫起来，引得杜伦安不以为然地瞄了他一眼。

就在他们快到营地时，托瑞克低声说："不过他们倒是让我们知道了一些重要的事。"

芮恩点点头。"我们一定得找到圣丛林。"

天光渐暗，大多数的红鹿族都已进了营帐，杜伦安在等他们。"我们要一直祈祷到天亮，"她通知他们，"你们得跟我们一起祈祷。"

芮恩努力装出顺从的模样，托瑞克行了个礼，其实一点也不想祈祷，他再也不想被人牵着走了。

邻近一条小径走出了个女人，她一看到杜伦安，立刻慌了手脚，像是急着想找地方躲起来。

杜伦安大叹一声。"你到哪儿去了？"

"我——我去给马群献祭。"女人说得结结巴巴。

"那你也该告诉我一声。"

"是，巫师。"女人恭顺地说。

托瑞克牢牢盯着芮恩。马群。

为了找机会让托瑞克接触那个女人，芮恩请杜伦安为她解释红鹿族催眠的方法，巫师看了她一眼，领她走进营帐。

"我们该进到里面去了。"女人颤抖地说，她的皮肤如雪花般层层剥落，让托瑞克想起了晒干的驯鹿肉，同时她一直猛眨眼睛，像是随时有人要打她，她头上封着的树皮脏得要命，实在也该换新的了。

为了让她放心，他问她哀悼的对象是谁。

"我——我的孩子。"她喃喃地说，"我们该进到里面去了。"

"所以你才去给马群献祭？到它们的山谷那儿？"

"到风河，对。"她把手移到身后做了个手势，接着又赶快把手遮在嘴边，"我们该进到里面去了！"

托瑞克很兴奋，他把斧头和弓放到他找得到的地方，然后就跟着她进去，这简直不费吹灰之力。

里头灰暗得宛若中夏夜的森林，横梁上晾着上千根荨麻纤维，像是绿色的长发丝，轻拂着他的脸。男男女女相对而坐，中间是杜伦安，捧着一对鹿蹄响环。这儿没生火，大家湿热的气息是唯一的暖意。

托瑞克一眼认出芮恩，她给了他一个合作无间的笑容。他觉得很内疚，因为她不能和他同行。他实在找不到机会跟她解释，反正他就是知道，在他与泰亚兹面对面的时候，她绝对不能在场。

他走到男人的区域，找了个门口前面的位置。

最后一个红鹿族人缓缓走进营帐，在杜伦安面前放了一个碗和一个大浅盘。她将碗高高举起，喝了一口。"头形如树的守护灵行走过的雨水，"她用一种特殊声调吟诵着，"喝下森林的智能。"她把碗传递下去。

她拿起盘里一块煎饼。"永保清醒的松树的树皮，吃入森林的智慧。"

轮到托瑞克时，他把煎饼藏到袖子里，拿起碗假装喝了一口。他把手偷偷伸出去，感觉到皮帘底下凉凉的空气。

杜伦安朝众人一一扫视。

他觉得好冷。

杜伦安开始晃动响环，节奏缓慢但很规律。"森林，"她吟唱起来，"你看见一切，知悉一切，纵使燕子不曾坠落、蝙蝠不曾鸣叫，你却知悉这一切，听见我们的声音。"

"听见我们的声音。"其他人跟着复诵。

"结束氏族间的争斗，将鹿角之灵带回您神圣的山谷。"

吟唱连续不断，鹿蹄响环如奔驰的快马毫不停歇，杜伦安的视线始终没离开族人。中夜来了，中夜过去了，就在托瑞克几乎要放弃希望的时候，她一边吟诵，同时用帽子把脸盖住，其他人也照着做。

正当红鹿族边唱边进入催眠时，托瑞克悄悄退往门口垂帘，他两侧的男人沉浸在荨麻茎织就的黑暗里，没发现他跑了。

他匆匆带上武器，沿着小径走向山上。

才走了一会儿，瑞和蕊就飞扑而下，发出欢迎的呱呱声。**你是跑哪儿去了？**

狼像个灰影似地跑了出来，冲到他身边。**"被咬的那个"**，**"不远"**。

被吃掉一半的月亮沉落了，再不久天就要亮了。托瑞克加快脚步，追逐的快感令他热血沸腾，他觉得自己快如疾风，觉得自己战无不胜，猎人正朝着他的猎物逐步靠近，事情全在意料之中。

男孩逃走了，事情全在意料之中。

三天三夜以来，神选者一直照着主人的吩咐，注意异教徒。诅咒杖掏空了女孩的力量，就像倒空桶子里的水一样轻松。男孩召来了天上的乌鸦，和不寻常的灰狼说话，并且让心灵行走。

男孩以为他很狡猾，追踪主人来到圣丛林。没有谁能追踪主人，主人召唤，大家就遵从，就连火都遵从主人的吩咐。

主人的吩咐，一定要完成。

第十六节

天已破晓，红鹿族和芮恩，没一个追来，托瑞克似乎很希望他们来。很快地，再也没有任何事物横在他和他的复仇之间。

一整天下来，他沿着小径往风河上游走，不过它那棕褐色的奔流，和它在开放森林里形成的巨流实在很不一样。

狼垂着尾巴，低下耳朵，轻声踏步地跟在他身边，就连乌鸦也都不再飞冲下来抓蝴蝶，猎捕的快感已变成了忧惧。

山谷愈来愈窄，到最后只剩一道峡谷，河流愈来愈湍急，吹了一整天干燥的南风，现在减弱成了飒飒轻风。托瑞克觉得脊骨一阵刺痛，他们进入了高山区的山麓丘陵。

狼嗅着一坨被马蹄踢翻的泥块，托瑞克弯身捡起一根长长的黑马尾毛，榉树和桦树的叶子在上方闪烁着灿烂的绿光，黑刺李树上的花朵晶光似雪，夹带着云杉味道的空气很清新，到处都可听见鸟儿的鸣唱：花头燕雀、鸣鸟、画眉、鸫鹛，就连小径上的婆婆纳药草都像梦里的花，显露着不寻常的蓝，显然，他已进入了马谷。

狼抬起头。**我们往前继续吗？**

我非去不可，托瑞克告诉他，**但你别去，危险。**

如果你非去不可，那我也一定要去。

他们在闪灭不定的树荫中继续前进。

托瑞克发现，这条小径有许多马蹄和脚掌踏过，但就是不见靴印。猎物见到他完全不害怕，他猜，大概是因为这儿一向禁猎。一只黑色的啄木鸟在树枝上倒退着跳，搜寻蚂蚁，托瑞克和它离得很近，甚至瞄到了它灰色的长舌头。一头雄獐鹿津津有味地啃着干枯的荨麻，他如果愿意，伸手就可摸到它粗糙的褐色毛皮。他遇到一只正在吸闻树根的野猪，母野猪看着他走过去，连大猪鼻都没抬一下。

山谷愈来愈窄，到最后只剩一道峡谷，桦树渐渐不见了，爬满苔藓的云杉愈来愈多。风渐渐停了，鸟儿们闭起了嘴，托瑞克的脚步听起来格外大声。他摸了摸肩膀，那儿曾缝有他的氏族毛皮，恐惧紧紧揪着他的心。

自从贝尔死后，他一整颗心就只想找到泰亚兹，他想都没想过找到之后会是怎样，现在他知道了，他非把这个森林中最强的男人给杀了不可。

他非杀人不可。

也许就是因为这样，他才把芮恩丢下，因为他不想让她看见他做这样的事，可是他好想她。

身后传来轻柔的拍翅声，他转过身，满心希望见到瑞和蕊，结果是一只栖在树墩上的雀鹰，正在啄一只无头画眉的胸毛。

也许，托瑞克心想，乌鸦知道了我接下来要做的事，所以就走了。

不过狼还是跟着他，他凝视着托瑞克，琥珀色的眼里闪烁着领路者单纯坚定的目光。**别再往前了**。

我非去不可，托瑞克回答。

这很不好。

我知道，但我非去不可。

落日渐沉，树林一片漆黑，河流不见了，但托瑞克听得见河流在地底下不停地流动，终于，连河流的声音也消失了。

一颗石头在他身后当啷作响，当啷声没了，寂静再度回涌，挤得到处都是。

绕过一个弯口，高山随即耸立在他身后，距离近得让人惊讶。山谷谷壁向内倾斜，遮断了落日余光，前方挡着他去路的，是一片他所见过的最高大的冬青树林，越过这片冬青，他知道，那就是圣丛林：森林的心。

有些地方一遍遍地诉说故事，有些地方紧拥自己的灵魂。托瑞克觉得，这个地方的灵魂好像正在他的骨血之中无声地轻唱。他从小袋子里拿出母亲的鹿角药罐，在手上倒了些大地之血，涂在两颊和眉间，药罐仿佛震动起来，仿佛在他的骨髓里轻唱起来。

狼用鼻子碰了碰他的手，耳朵泄气地贴在脑后，他不再是领路的

向导，他是托瑞克的狼兄弟，他觉得很害怕。

托瑞克跪下来，对着狼的鼻子轻轻吹气，他感觉着狼搔得他发痒的胡须，呼吸着狼干净甜美的气息，他绝不能再让狼前进，太危险了，他必须一个人完成这件事，他痛恨自己即将惹出的混乱，他要狼离开。

狼不肯。

托瑞克再次对他下令。

狼不断绕着圈子跑。**你绝不可以猎捕"被咬的那个"**！

快走，托瑞克回说。

狼碰了碰他的膝。危险！嗷呜！

托瑞克铁了心。快走！

狼忧心地低吠了一声，快步跑进森林。

托瑞克心想，这下你只剩一个人了，他感觉到夜的刺冷，正——从土中渗透出来，他站起身，走进了树林后方的黑暗。

狼快步跑上山坡，担心和恐惧在他心里吵个不停。这地方糟透了，冬青树低声发出了他听不懂的警告，它们非常古老，它们不希望他待在这里。

一来到冬青树上方的山脊，他突然停下脚步，带着好多气味的微风飘过他的鼻子，他闻到火，还有"被咬的那个"，以及一股厉鬼的味道。他闻到狼兄弟的恐惧，以及他嗜血的饥渴，这不是行猎那种饥渴，这更深沉、更暴烈，这"不是狼"。狼不懂，但他很怕，他为"无尾高个子"感到忧心，因为他强烈地感觉到，如果"无尾高个子"去惹"被咬的那个"，他极可能会没命。

"被咬的那个"比熊还强壮，就连火都不敢惹他，一只狼又能做些什么？

狼在山脊那儿上上下下跑来跑去，苦恼地叫个不停。他感觉到泥土微微地震动，他转了转他的耳朵，大步迈向山顶，跳上一截木段。他捕捉到猎物丰美的味道，那猎物很庞大，类似野牛，但不是野牛。

他闻出有一群峰牛正在旁边那座山谷吃东西，它们体型巨大，虽然脾气十分暴躁，讨厌被追踪，但它们其实十分胆小。

他加快脚步，跑去找它们。

冬青树林闻起来有尘土和蜘蛛的味道，它们的警戒让托瑞克紧张不已，就像风吹空了营帐里的烟那样，紧张赶跑了他肺里的空气。

最后，冬青树林不再浓密，又直又黑的树干间，闪着火红的微光。他抽出刀来，慢慢走过去，同时听到火焰爆裂的声音，闻到焦肉的臭味。

他走到最后一棵树旁，悄悄绕到树干后面，掌下的树皮冰冷得像板岩。

皎洁的月光洒向圣丛林，断裂的山肩自山上投下阴影，石地上闷闷烧着一圈耙松的余烬，再过去，两棵巨树并立在烟雾中，上方的枝干像一双手那样彼此交缠。

大橡树不屈不挠地伸向天空，巨大的树身宛若冰河满是裂纹。在模糊的光线下，托瑞克看到满是树瘤的树皮正愤怒地盯着他看，因为没有叶子，橡树枝显得又冷又硬：厉鬼早把它的叶芽啃了个精光，不过倒有几根枝干，上头挂了一团团小小的东西，托瑞克看不清那是什么，他根本没勇气知道。

大紫杉古老得难以想象，托瑞克很清楚，因为他曾行走在它墨绿色的灵魂深处。它纠结盘缠的大树枝历经日晒雨淋，呈现浮木般的银亮，但在这底下，却又有着金色的树液搏动着生命。它永保清醒的大树枝，历经大火、大水、雷击和干旱且大难不死，它比石头还硬的树根牢牢依附着高山。大紫杉什么都不怕，就连厉鬼它都不看在眼里。

不知从什么地方，突来一阵狂风吹散了烟雾，火星重燃起来，托

瑞克看到一根钉入树心的树桩，上头挂了个细瘦焦黑的尸骸。

托瑞克觉得恶心想吐，现在他清楚地知道挂在大橡树上的是什么东西了。尸骸，小小的不像是人类，焦焦的怎么也看不清楚。

残杀猎者，他想起食魂者在极北洞窟中恐怖的献祭，想起芬·肯丁口中很久以前的可怕时代，那个时代氏族一度残杀猎者，连人都杀。

他心想，这根本是邪魔歪道，他从空气中感觉得到：有一股腐败、令人窒息的病态，正一步步瘫痪森林的心。

他把手放在刀柄上，汗水使满手湿滑，不可能回头了，他一定要走出这片冬青树林，把泰亚兹给找出来。

他决定踏出这第一步，就在这时，营火另一端，有块岩石竟伸出一双手，变成了一个人。

第十七节

巫师确实是从圣丛林的地底站出来的，他身披光滑的马皮斗篷，戴着一个木雕面具，头上嵌了一束马尾。描画上去的眼睛射出鲜红的目光，张得大大的嘴边，镶满了黑色的羽毛，每呼吸一次，黑羽就跟着颤动一次。

灵的气息，芮恩以前告诉过托瑞克，**一张面具就是一个灵魂的脸，当你戴上一张面具，你就会成为那张面具的灵魂，羽饰表示这个灵魂是有生命的。**

面具和斗篷表明了他森林野马族巫师的身份，但他又在胸前戴了一串橡实和槲寄生，代表他真实的氏族，橡实串那儿另外又挂了个沉重的小袋子——火焰蛋白石。

冬青树后，托瑞克用笨拙的动作把刀收回鞘里。要对抗如此强大的力量，那刀应该派不上用场。他解下他的弓，往箭袋里摸索，想拿支箭出来。他的心砰砰地敲得他发疼，他觉得这简直像是一只老鼠要去打一头野牛。

巫师站在营火前方喘了起来，暴烈地吐出了胸腔里的空气，他走向那团火，一脚走进火里，托瑞克在闪烁的热气中，看到他赤着脚走在发烫的余烬上，怎么可能？他心想。

他的喘息愈来愈快，巫师迅速抓起树桩上的尸骸，走回坚实的地面。

托瑞克觉得一阵头晕，如果连火都伤不了他……他办不到，他办不到。

他看到巫师像是拿起一根树枝般地举起一棵倒了的云杉，接着就把云杉靠在大橡树的树干上。云杉上一道道的刻痕正好成了踏梯，巫师走上去，把尸骸挂在大树枝上。下来后，他拿起一只放在大橡树树根上的麻袋，从里头掏出了一只鹰。

托瑞克的五脏六腑差点全呕出来，鹰还是活的。当巫师把它的一条腿绑在树桩上，它发了疯似的拼命拍翅。

再一次，巫师开始他那狰狞的喘息和吐气，可这一次，就在他竖起树桩的时候，他的斗篷从肩臂那儿滑下，托瑞克见到了他只剩三根指头的手，以及他橡树族的图腾。发炎的痂在皮肤表面留下了疤，托瑞克想起贝尔，想起他为了活命，极力张着手，拼命想抓住那个害他的人。他的灵魂铁了心，是时候了，他一定要实现他的誓言。

他朝绑腿抹了抹手，将箭搭上弓，他要离开这棵树，好看清全貌，他要大声地挑战，给泰亚兹拿取武器的机会，再然后……

食魂者把那个拍着翅的东西送进火里，插回树桩，开步离去。

托瑞克再也无法忍受，他瞄准好，放出了箭。那只鹰断了气地挂在那儿，正中它胸口的箭还微微地在动。

慢慢地，巫师摘下面具，把面具放在地上。他转过身，托瑞克终于见到了他。赤褐色的浓发、灌木丛般的胡须，一张脸硬得像是被太阳晒裂的泥土，一双绿眼冷酷无情。

"很好！心灵行者，你遵从了我的召唤。"

托瑞克从树的后方走出来。"拿起你的武器，泰亚兹，你杀了我的亲人，现在，我要你偿命。"

第十八节

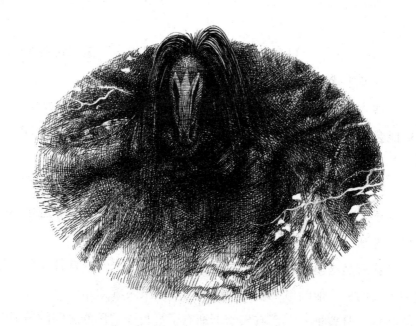

托瑞克与泰亚兹面对面，十步的距离里，生烟袅袅飘着。"这次我不会再让你从我手中逃走。"说完，再次搭箭上弓。

橡树族巫师往后一甩头，笑了起来。"我，从你手中逃走？你会到这儿来，全是因为我要你过来！"他把斗篷挥到肩后，一手拿鞭，一手举着斧头，鞭子盘卷好似条蛇，斧头之大托瑞克前所未见。

"我还在纳闷，是谁有这胆子，竟敢从岛上一路跟踪我。"泰亚兹说，灵巧地转了转手腕，往空中划了几下。"于是我派手下去调查，打从你走进我的森林，你走过的每一步路，吸进去的每一口气，我都一清二楚，现在，该告一段落了。"

"你等着看，事情没有那么简单。"托瑞克边说，边沿着火边悄悄移动，"在极北的时候，我本来可以杀了你的，记得吧？"

鞭子啪的一声，硬是把托瑞克手上的弓打落下来。"我的力量比你强大得多！"泰亚兹呸了一口，把弓扔进火里。"看，就连火都听我的！"

生烟飘过托瑞克眼前，等烟散去，泰亚兹已站在离他不到两步远的地方。

"不过，既然'世界灵'把你送到我这里来，"橡树族巫师接着说，"我当然就该把你的力量并入我的力量。"

托瑞克揪下腰间的斧头，再次和他隔火相对。"'世界灵'怎么可能会站在你那边？杀害猎者？'世界灵'怎么可能会喜欢那样的事？"

"把猎者献给火，这可是最崇高的死亡献礼，这就是准则。"

鞭子又啪地打下来，托瑞克一闪，皮鞭击中了石头。"这才不是氏族的准则，"他喘着气说，"这也不是你的森林。"

"我就是这里的主人！"泰亚兹轰轰大吼起来，"森林深处已是我一个人的！"他的口中喷出白沫，一双绿眼闪着金光。

托瑞克盯着他看，所有事情渐渐有了眉目。"氏族之间的争战，是你引起的，是你让他们反目成仇。"

赤褐的须发中亮出了黄黄的牙齿。

"诅咒杖都是你插的。"托瑞克边说边往后移，差点失足跌倒。"是你杀了森林野马族的巫师，却嫁祸给野牛族，是你让他们争斗起来。"

"是他们自己想争斗，他们需要争斗！"

鞭子打中托瑞克的手腕，他大叫一声，松开了斧头。他扑过去想捡起来，但泰亚兹快他一步，抢下斧头后立刻扔进火里。"这些氏族太弱了。"他咆哮起来，"他们全把真正的准则给忘了，不过我会将他们统治起来的，就因为如此，'世界灵'把这片土地赐给了我：让我把差异彻底根除，让氏族回归唯一的准则！再没有氏族守护灵，再没有氏族巫师，就只有一种准则，一座森林，一个领袖！"

托瑞克挥开眼角的汗水，抽出鞘里的刀。

再一次，泰亚兹的诡笑闪了出来。"我是不可能受伤的！"他指着胸前的槲寄生。"这是橡树不死的心，会保护我，不让我受伤！我战无不胜！"

托瑞克手中的刀抖动不已。

"不信就来吧！"橡树族巫师嘲弄地说，"试试你的手气，姑且看看，你是不是真能毁了我，还是说，我该直接毁灭你，那应该跟我毁灭你母亲和你父亲一样轻松吧？"

托瑞克顿时满眼雾红，他透过这抹血红死盯着泰亚兹。

"轻松得就像我毁灭你朋友的时候那样，"橡树族巫师愈说愈得意，"我轻松地把他从峭壁上扔下去，轻松地让他的脑袋在石头上开花……"

托瑞克大吼一声，一股脑冲向了泰亚兹。

狼悄悄由上风处潜近峰牛，平常他是不会这么做的，但这次，他就是想让它们嗅到他的气味。

一头母牛捕捉到他的气味，团团转了起来。狼低下头告诉它，他正在行猎。母牛紧张地喷了口气，笨拙地扒了扒泥土，狼上前，母牛发动攻击，狼灵巧地闪开，又跑去惹一头公牛。公牛对他大发脾气，狼从它牛角上跳过去，只差一点点就撞上它的角，他觉得这真是好玩。

现在，一整群牛都焦虑起来，它们不再啃食柳草，开始往上坡缓慢移动。狼悄悄跟在一小群气呼呼、瞪着白眼的年轻母牛后面，他选了只走在最边缘的牛，突然往它蹄后的距毛咬了下去，母牛放声尖叫，尾巴高高一翘，飞似地跑了，其他牛也都慌了，吓得跟在后面一起跑。

它们顺着山脊往上走，狼跟在它们后面，一会儿往这儿，一会儿往那儿的又跳又跑，那群牛因此以为，在后面想猎捕它们的是好多只饥肠辘辘的狼。它们闯进邻近山谷，一路朝着"无尾高个子"和"被咬的那个"的方向前进，石头哗啦哗啦地落下，树枝劈啪劈啪地断开。

狼不停地驱赶它们，地面猛烈震动，狼的心飞跳起来，这便是狼能做到的事情！

第
十
九
节

一开始，托瑞克还以为那是瀑布的声音，地面猛烈震动，像高山崩塌了似的。他呆住了，手上紧握着刀，轰隆声愈来愈大，像雷吼一样，一头峰牛冲进丛林，托瑞克赶紧逃命。

他来到冬青树林，跳上离他最近的树枝，往上一荡，同时丛林已被气势如虹的牛角和牛蹄重重包围。

这群峰牛，山洪暴发似的横扫而过，托瑞克紧紧攀在震动不断的树上，巨大的吵声穿透他整个人，似乎怎么都停不下来。

停了，牛群走后的寂静依旧震耳欲聋，一层烟尘仍笼罩在空中，带着峰牛麝香的气味。大橡树和大紫杉耸立其中，毫发未伤，树枝直直伸向夜空。

就在尘埃落定之后，托瑞克看见被踩灭的火中闪着微光，像是地上冒出了星星。他先是跪坐在地，接着又往丛林跑去，一阵搜索，泰亚兹已不在那里。

托瑞克满心不相信，他跌跌撞撞走在石坡路上，不死心地在幽暗中搜寻。什么都没有，在牛群的踩踏下，小径上就连最后一丝希望都被抹净，泰亚兹已如烟一般地消失无踪。

“不！”托瑞克放声大喊，回音消失了，小石子哐啷掉下来，像极了无情的笑声。

他倒身在一块巨岩上，他错失了复仇的大好机会。

狼从黑暗中跳出来，开心地扑在他身上，他的毛皮满是芒刺，而且因为兴奋十分放松，托瑞克不懂这是为什么。

好多猎物，托瑞克疲惫地对狼说，**差点被踩到，还好那时你没在这里**。

托瑞克觉得很奇怪，狼听了居然垂下耳朵，打了个尴尬的呵欠，跟着又翻滚几下，说他很抱歉。

托瑞克问他，“被咬的那个”有没有在附近。

走掉了，狼也就只有这件事能跟他说。

托瑞克伸手搓了搓脸，他一事无成，现在唯一能做的事，就只有拖着步子，沉重地回红鹿族营地，设法让他们相信，森林野马族的巫师其实就是泰亚兹，然后一切重头再来。

他筋疲力尽，他好想念芮恩，她一定很气他就这么一个人跑掉，不过不管她会说些什么，她说的话，绝不会比他内心在对自己说的话更可怕。

月亮还没沉落，他已走到马谷尽头，他实在没法再走下去，便在风河上方几步远的地方，找了棵倒树，就着树枝和发霉的蕨丛，搭了个不像营帐的营帐。他的睡袋丢在红鹿族那儿，不过他累坏了，根本无所谓，反正他可以再拉些蕨草进来铺床。他嚼了一条马肉干，把最后一条塞进桦树献给森林，然后裹着他的荨麻根斗篷沉沉睡去。

这一次，他知道他在做梦，他仰面躺在营帐里，上方却是布满星星的天空。他害怕地流了一身汗，却怎么也动不了。一道暗影遮住了星光，不知什么出现在上方俯视着他，湿透的头发爬了他满脸，他听到腐烂的海豹皮轻缓地裂开，他的身体在冰冷的气息中愈缩愈小。

在海底真是孤单……肉身被鱼吃掉，骨骸被海洋母亲摇来晃去，好冷，真的好冷。

托瑞克很想说话，但他的嘴唇动弹不得。

你为什么没到峭壁那里找我？我好孤单，一直在等你，现在的我更孤单了，而且好冷好冷……

托瑞克惊醒了过来。

天还没亮，他只睡了一会儿，狼出去了，但瑞和蕊在营帐外跳来跳去，呱呱叫个不停。**醒来，醒来！**

托瑞克用掌根用力压着双眼。"对不起，兄弟，我错失了机会，但我一定会再找到他，我发誓，我一定会为你报仇的。"

乌鸦会照顾"无尾高个子"，而且狼群不会跑得太远，我不能放任那些噪叫声不理。

狼在睡觉的时候就听到"深色"下山了，"深色"一直在找他！然后他醒了过来，大受打击，原来是在做梦，不是真的。

不过他又听到"深色"的声音了，很模糊、很遥远，可那就是，他不管身在何处，都认得"深色"的嗥叫声。

他带着渴望的喘息，大步穿过森林。天亮了，他跳过一条小溪，又穿过一条河，溅起了很多水花。"无尾高个子"有乌鸦陪着，不会有事，而且我不会离开太久。

乌鸦在林间飞来飞去，不时抖动头毛，发出不带情感的呱—呱的警告声。

警告什么呢？托瑞克想不明白。

离开风河的时候，天正破晓，他往北走，那是红鹿族营地的方向。风一阵阵狂吹，树木飒飒低鸣，他渐渐担心起来，紧绷的胸口，让他觉得连呼吸都难。

其他生灵也有同样的感觉，松鸦、喜鹊、乌鸦从空中飞掠而过，驯鹿大步跑过，没为了闪避他而转弯改向，像是在逃难一样。托瑞克想到芮恩，赶紧加快脚步。

前方的花楸树后出现了一个身影，他认出了那个头封树皮的红鹿族女人，她慌慌张张地压制着胆怯，朝他跑来。她怯懦地微微一笑，"我们找你找遍了所有地方！"

"怎么了？"他厉声问，"芮恩还好吗？"

"她和其他人在一起，没事，我们担心的是你，我们不知道你跑哪里去了。"

他们顺着小径前进，女人慢步走在后面，托瑞克在前面飞奔。他听到远方一声雷鸣，雨点打在叶子上，他拉起帽子，脚踝不知被什么卡住了，接着一抽，他被高高拉向天空。

一阵天旋地转，转得他发晕，等他清醒些，这才发现一只脚被挂在小花楸树上，而刚刚，这棵树的树身是压低的。

你这个傻瓜，他严厉地斥责自己，不过一个简单的触动陷阱，你居然莽撞地踩进去！

他的刀没在鞘里，原来是掉进了藜菜堆，但他够不着。他气急败坏地对着那女人大喊，叫她快点过来，帮他割开绳子。

她赶紧跑过来。"你踩进陷阱了？"她问。

"对，看也知道！"他毫不客气地说，"帮我割开绳子！"

她两手垂在身侧。

她是脑袋糊涂了吗？托瑞克无奈地大吼起来，拼命地想抓住绳子，可绳子紧紧绑着他的左脚踝，他大声咆哮，整个人往后一跌。帮我割开绳子！

"不。"女人回答。

"什么？"绳子吱嘎响了起来，雨打在叶子上。

但那并不是雨，他恍然大悟，那是灰，层层的灰，像脏污的雪似的四处纷飞，还有空中的那片红光，并不是来自日出的方向，那儿是西方，不是东方。"火，"他说，"森林起火了。"

"没错，"女人变了个声音说。

托瑞克头下脚上地看着她拉下那片包裹在她头上的树皮，甩出一头灰色长发。

"火逃出来了，"她说，"它正吃着森林，神选者给了它自由。"

第二十节

托瑞克像条鱼被勾在鱼钩上似地倒吊在树上，昏暗的天空一片愤怒的橘光，但那并非太阳。"你不能把我扔在这里被火烧死！"他放声大喊。

"你是异教徒，"女人说，"你的生命要献给火。"

"为什么？我做了什么？"他使劲把身子往上提，设法往绳子上窜，他抓住最近一根树枝，树枝啪地断裂，他倏然掉下来，脚重重一撞。"我到底做了什么？"

女人蹲下来，凝神看着他，她的脸长满水泡，皮全剥落下来。他在她没有睫毛的眼里，看到了疯癫之下的狡猾。"神选者我看着他，"她用气音说，"我看见他用石头生火，我看见他羞辱它，我都知道。"

"你到底想做什么？"

她舔了舔干裂的嘴唇，他看见她的嘴角结了一层灰。"服侍主人，透过他，再一次体验火，如此纯洁的红，让一切都化成灰……"

"可是主人想统治森林，"他喘着气说，"他不可能要你毁掉森林！"

她微微一笑。"主人吩咐要监视异教徒，但神选者我不只会监视他，还会将他献给火。"

"等一下，"他说，着急地设法让她留下来。"你之所以会成为神选者，是主人的安排吗？"

她的脸死灰复燃般亮了起来，"是火。"她轻声地说，"在一个晴朗湛蓝的日子里，天上的闪电找到了我，没有雷鸣、没有警告，只有炽烈的光亮，亮得超越太阳，我来到了它的心。"她弯身靠近，他闻到她辛辣的气息。"就在那一瞬间，我看见了一切，肉身里的骨头，叶子里的脉络，沉睡在每一棵树中的火，我看见了真理，**所有一切都在燃烧。**"

大火的吼声愈来愈清晰，烟从林间窜了出来。"但你大难不死。"他说，"闪电没让你死，你也不该让我死，帮我割开绳子！"

她浑然不觉，依旧沉浸在她的故事里。"火带走了我，将我的头发变成灰，灼烧我肚子里的孩子，它让我改头换面……"她伸出火热的手指抚摸他的脸，温柔的笑容残忍至极。"它也会让你改头换面的。"

他想起泰亚兹挂在树上的焦黑献礼。"你不能把我扔在这里被火烧死。"他向她苦苦哀求。

"听！它愈来愈大了！"她举起双手，向火行礼。"它吃得愈多，就愈感到饿，你很荣幸，火会把你带走的。"说完她就走了。

"不要扔下我！"托瑞克放声大喊，"不要扔下我！"他苦苦地哀求。

一片火热的树皮落向地面，打中他的头，四面八方，每一棵树都在灼热的气浪中挣扎。天空愈来愈深浓，宛若猩红的琥珀，西边那头，他看见火正朝着他过来，他想起了芬·肯丁说过的话：**它窜进树林的速度恐怕比山猫还快，于是大火窜进树林，上了枝头，高兴往哪儿就往哪儿，你没法想象那速度有多快……**

火大吼着穿过森林，速度之快超乎狼的想象，它什么都吃：树木、猎者、猎物，"无尾高个子"在哪里呢？

狼实在不该丢下他，他没找到"深色"，现在，连他的狼兄弟也找不到了。

狼沮丧极了，一个大步跳进火苦刺的气息中，惊慌的猎物轰隆轰隆成群而过，全朝着另一个方向逃命，而他只顾着躲开它们的蹄子。他越过一条小溪，溅起无数水花，他飞快跑下一条山沟——火在他上方巍然耸立，大的有如一座山。他的皮毛卷曲，眼睛刺痛，他实在没法再走下去，没法在火的口中找着他的狼兄弟，火到处地吃，它若是抓到了狼，一定也会吃掉他的。

狼转了一圈，沿着山沟往回快跑，火在他后面紧追不舍，它挥出闪亮的爪子，狼跳着躲开，它突然扑向一棵树，吃掉了那树。有一棵树苗发出呻吟——狼赶在它伸出魔爪之前，快跑到树苗底下——火星在空中流窜，又吞了好多树木。

烧热的石头咬了狼的肉趾，他跑步的模样，仿佛是他第一次跑步。火依然在他身后紧追不舍，它在林间流窜、跳跃，飞过河流的上方，吃掉了整座森林，没有谁能逃得出来。

托瑞克拼命大喊，设法把自己往上提，试着想抓住花楸树。他的手指碰到了树皮，但就是抓不到，于是他又掉了下去。

他又试了一次，这次抓到一根树枝，他攀了上去。这次非成功不可，若再行不通，那他就完了。

他甩掉了没被绑住的那只脚的靴子，用光秃的脚底大力拍打花楸树，又踢又拖地把自己送上树杈，大喘着气，任凭树枝戳他的肚子，终于站了起来。

没时间休息了，他扭曲、蠕动着身子，靠着右脚的支撑，总算钻进树杈。他的左脚被扣在树上较高的地方，丑陋地突出来。

熊熊燃烧的树皮成块落下，宛若火烧的冰雹，他拉扯脚踝上的套索，但身体的重量却让套索更紧地缠住靴子，怎么也弄不开，他发了疯似地想解开绳结，勉强撑着的右小腿抖个不停。

套索松开了些，他努力地解绳，又松了些，这样就够了，他扭动身子，用力抽开靴子，使劲挣脱套索，跳回地面。

他奋不顾身钻进灌木丛，找回他的刀，接着摇摇晃晃站起身。他的眼睛不停地流泪，皮肤灼热刺痛，烟雾已让白天变成了黑夜。

一头雄獐鹿快速跑过，他猜它肯定是往湿地去，便跟在它后面。灰烬刺得他的脚好痛，他赤着脚，没时间回去找靴子了。

他拼命地跑，同时越过肩头，瞥见了比树还高的火焰卷上天空，周遭的声音是他从没听过的扰嚷，那是成千上万只蜂牛发出的怒吼，那怒吼占领、榨干他的心，把空气逼出了他的胸腔。

他急急蹲下，大口抢吸干净的空气，待他站起身，密布的浓烟已让他伸手不见五指。他不知道自己身在何处，但他非作出决定不可，就这一瞬间，他要决定去哪儿，否则只剩死路一条。

一声忧心的大叫！

他看不见乌鸦，但他听见飞在浓烟之上的它们正在叫他。他什么也看不见，但他跟着它们的叫声走，着火的树枝如雨般纷纷落下，他在火的热气中飞奔，四面八方的树断裂的断裂、哀号的哀号。

他回头再看了一眼，一道火河迅速爬上松树，松树一爆，碎成阵阵火花，一只野松鸡飞上天空，旋即掉落下来，卷入炽热的风中烧干至死。

咯！咯！瑞和蕊叫着。跟上来！

地面突然不见了，托瑞克一路颠簸地滚下了山。

他身子一震，骤然停住。他挣扎着起身，发现手脚全陷在泥巴里：好冷好湿好可爱的泥巴，乌鸦带他来到了一个湖，他大步踩进浅滩，结果一头撞在"石头"上。

"石头"发出可怜的呻吟，原来是一匹小马驹，小小的黑马驹害怕地抖个不停，只因为蹄子陷进了泥巴里。它吓得不敢动，但托瑞克没法停下来帮它，他涉水走了过去。

一时间，前方的黑暗化开了一些，他看到上下摆动的黑色马头正在湖里拼命游水，再往前，有一个海狸窝，竟然跟乌鸦巢一样大。

小黑驹又发出一声痛苦的呻吟，湖里其中一匹黑马头转了过来，母马一定是冒险等了很久，可小黑驹还是不肯跟上，它只好自己离开。现在，它无奈地和马群一起游走，被迫丢下它的孩子自生自灭。

托瑞克也该这么做：游到海狸窝那儿，丢下小黑驹自生自灭。

他大喊一声，调转回头，一把抓住它尖尖的鬃毛，拼命拉扯。

小黑驹的眼珠在白眼眶中转了又转，身子就是不肯动。"快走啊！"托瑞克大吼，"快游！这是你最后的机会！"结果那只让事情更糟，小黑驹不懂人话，可托瑞克又能怎么办？他若是说狼语，它恐

怕会吓得昏死。

他绕到这个小东西身后，一头钻进它的肚子下面，用肩膀往上推。它勉强动了一下，于是他抓住它的腿，硬是把它拖进湖里。

直到水及他的腰，他轻轻拍了拍站在水里的小黑驹。"你得靠你自己了！"他的吼声压过了火的扰嚷，"快游！"他没入水中，奋力朝海狸窝游去。

火的名字灵魂从水中恶狠狠地瞪他，他越过肩头，看到火吞没了他刚才滚落而下的那道山坡，看见小黑驹勇敢地游在他的后面。

眼看就快到达海狸窝，他突然累得没力。滚滚浓烟朝他卷来，他没法呼吸，他本来想从那里爬上海狸窝，但火跳入湖中，他这才想到，刚才他如果真的那么做，他一定会被呛到窒息。他得躲到水里去，海狸窝都会有一间睡房高于水面，海狸都是从水底隧道进到那里，托瑞克深吸一口气，潜进了水里。

他在黑暗中四处摸索树枝，想找到隧道口。他的胸口闷得发胀，他找不到隧道，看不到任何东西，这简直像在泥巴堆里游泳。

他找到了一个裂口，钻了进去，接着就从水中冲了出来，一头撞在树苗上。

在赤红的暗影中，他什么都看不清楚，但是火的吼声没再那么吵杂，他在呛鼻的浓烟中，闻到了海狸带有麝香的臭味，但他一只海狸都没见着，也许大火早在岸上吞灭了它们。

它们把窝做得很好，睡觉的高台铺满木屑，干爽而舒适，睡台上方松松的塞了些树枝，维持空气流通，并可直通海狸窝顶。睡台只有海狸一般高，托瑞克不想卡在这里，他决定待在水里，等火势转小。

他拼命呼吸，打心里感谢海狸、瑞、蕊和森林一路保护他。

"拜托，"他喘着气说，"拜托让狼和芮恩也都平安。"

火的怒吼吞没了他的话，他觉得希望渺茫。大火吃掉了森林，又有谁能逃过一劫。

狼不能，芮恩不能。

第二十一节

芮恩跌跌撞撞地走在一个烧焦的世界里。

森林消失了，就这样再也不存在了。她游走在一片曾是绿树的焦黑枝干中，感觉到它们困惑的灵魂，充斥在满空的烟尘里。但她心力交瘁，连替它们难过都没力气。就连太阳也消失了，只剩一片诡异的灰光。大火已彻底毁灭这座森林了吗？森林深处连同开放森林？

阵阵臭味呛得她咳嗽，处处回荡着怪异的声音。她停下脚步，只听见余烬悄悄地啪啪爆裂，以及树木时不时落下来倒在地上。

死亡，她心想，到处都是死亡。托瑞克在哪里？他还活着吗？他会不会……

不！不可以这么想，他和狼在一起，他们都还活着，芬·肯丁也一样，还有瑞和蕊。

她搓搓脸，感觉有灰渣，其实她全身上下都是灰渣。她用舌头舔了一下，眼睛又肿又痛，她吸进了太多烟，觉得很不舒服。

她也好渴，但她没有水袋，只有红鹿族给她的斧头、刀子和根茎编成的箭袋，里头放着她最后的三支箭，当然，还有她的弓。

为了给自己打气，她卸下肩上的弓，从中间开始擦拭弓上的脏污。金黄的心木闪闪发光，她想起多个夏季之前帮她制作这把弓的芬·肯丁，心里不再觉得那么孤立无助了。

但她实在渴得难受，离开湖边好长一段时间，她不知道自己怎么走到这儿的，她这会儿到底跑到了什么地方？

她实在不该从红鹿族那儿溜走的。

当时杜伦安感觉到火，接着猎物，以及整个氏族就全跑向湖泊，躲在他们停泊在湖中小岛边的皮划里。芮恩跟着他们做，把斗篷浸湿，缩着身子躲在底下。

她不觉得有什么可怕，那时还不觉得。她还在生托瑞克的气，气他就这么一个人走了，然后是一整天不停地被人盘问。**他去哪儿了？我不知道。他去哪儿了？**她很惊讶，他们居然完全没猜到他去了圣丛林，不过他们似是觉得，绝不可能有人敢独自闯进那里，所以就算她当真泄露了他的行踪，她生气地想，那也是为他好。

可是当她躺在天摇地动的幽暗中，听着火吼声愈来愈近，她的怒气全消了。一个小孩低声地哭了起来，一个女人小声念着咒语，芮恩闭上眼睛，为托瑞克和狼祈祷。拜托、拜托，让他们活命。

接着火突然冒出来，皮划剧烈摇晃，所有人都大声地祈祷。

芮恩好一会儿才弄明白，原来大火刚才横扫湖面，却没将他们吞没，后来"世界灵"急速将云刺穿，送出一阵大雨，她趁着混乱，从船上滑下来，游水离开。

她以为她那时朝着南走，可是在烟尘和大雨中，很难辨别方向。现在，微风吹散大雾，她看见自己站在一道没了溪水的小山沟里，也许顺着这山沟可以到河边。

她只走了一会儿，后面传来一根树枝爆裂的声音，她回过头，枯死的树木一棵棵像极了偷偷跟在她后面的猎人。

其中一棵树动了一下。

她开步快跑，慌张地沿着山沟一路而下，直跑到没法再跑为止。她手贴着膝，大口喘着气。

四面八方，山沟静悄悄的，刚才在动的那个东西并没追过来，搞了半天，说不定只是棵树。

她跌跌撞撞地走在冒着烟的焦黑枝干中，越过一道山峦，她看到了绿色。她眨了眨眼，真的，是绿色！

她哀声叹气地绕过山峦——森林的绿骗了她的眼睛。花楸、桦树和白面子树耸立在她面前，枝干全被烟熏黑，不过还活着。

她放心地大喘了口气，在羊齿和白屈菜丛中跪了下来，一片淡蓝色的画眉鸟蛋壳掉在她手边，那是鸟蛋孵化时从巢中落下来的，她还在一截木头上看到一棵同她拇指一般高的云杉树苗，不畏艰难地从苔藓中伸展出来，她心想，森林是永恒不朽的，没有任何事物能打倒它。

可是怎么都没有河流的踪迹，她在树林里到处走，努力搜寻水声。

143

后来，一丛原本高大却被风暴扑倒的松树让她不得不停步，枯死的树干和带土的树根交叉盘缠，挡住了她的路。她该回头的，照理迷了路就该回头，可是她没法忍受再回那片荒原。

松树丛不希望她待在它们的埋骨地，它们试图用长满苔藓的树干赶走她，树枝刺刺突突的好像鱼叉一样。好不容易摆脱它们，她松了口气，退到一片仍然活着的橡树和菩提树丛中。

但这片树丛也不希望她待着，满是皱纹的树皮怒目瞪着她，小树枝伸出手指拉扯她的头发，有些树干是空心的，她心想万一被困在里头，不知会是什么样，吓得赶紧继续往前走。

风势渐强，灰渣吹到她脸上，她开始咳嗽，咳个不停，她靠在树上，半弯着身子。

她感觉到手指头底下有一双眼睛。

她大叫一声，赶紧把手抽开。

没错，是眼睛，凶猛的红色目光就刻在树身上，以及一个方形的嘴巴，边上还镶着一颗颗人的牙齿。

芮恩从没看过这种东西，她猜，会去做这东西的人，大概是有什么话想跟树灵说吧！可是怎么会有人把牙齿送给树呢？

她担心地扫视四周，菩提树、荨麻、散落的大石头。

她继续往前走。

她回头看了一眼，发现树移动了，它们本来离那颗大石头很近，她确定，现在，它们散了开来。

她开始跑。

树根绊倒了她，她于是和另一张树面具正面相对，长满了地衣的面具上，紧闭着一双眼。

她喘着气，站了起来。

那双眼睛睁开，包着树皮的手和脚从树干分离出来，包着树皮的双手伸过来抓她。

她小声哭着，拔腿就逃。

在她左边，又一棵树人从树干抽出身，然后又一棵、又一棵。树皮人自四面八方朝她走来，一双双皱纹满布的双手、一张张空白开裂的脸慢慢向她靠拢。

她拼命跑，斧头撞在大腿上，她扯下腰间的斧头，却也知道，自己根本没这个胆去用斧头。

她大喘着气，像是正做着一场噩梦。她踩过一堆劈啪作响的树叶，跌跌撞撞地下坡，来到另一丛树的埋骨地。她摇晃地走在倒落的树干上，可树皮人却像大火似的顺着倒树一路快跑，诡异无声地追在她后面。

不知什么拉住了她的肩膀，硬是把她往后拖，原来是她的弓卡在树枝上了，她拼了命地把弓拿下来。

树皮人一把揪住她，拖着她往下走。

第二十二节

"你们要把我带到哪儿？"芮恩问。

树皮人没回话。

"拜托！你们说说话啊？我是做了什么吗？"

其中一人举起长矛刺了她一下，她没傻到让那人再刺第二次。

她一整天下来都和一群沉默的猎人走在一起，他们拿走了她的武器，但他们没再动她，他们似乎觉得她是不洁的。

她求着要水喝也没用，他们理都不理她。口渴的她蹒跚走过一片迷雾，在毒矛的威胁下走过一片森林。

她不知道自己身在何处，这一片森林没遭大火蹂躏，但大火的臭味飘荡在空中，所以她猜，这里离那片荒原应该不远。

从抓她的这些人身上佩戴的绿头带和牛角护身符来看，她猜他们应该是野牛族，不过在她看来，他们是树皮人。他们穿着用树皮编织的黄褐色衣服，耳垂串着一卷卷树皮。为了看起来更像树皮，他们在剃光的头皮上黏了一块块黄土，男人同样也为胡须黏上黄土块，看起来活像蔓生的树根。可是他们一点都不像她在氏族大会上见过的野牛族，这些人从不去那里。他们把自己的身体刻成树皮的模样，在手上和脸上弄出一道道粗糙的疤纹。

这种疤纹芮恩略有所闻，她族里有些人，包括芬·肯丁在内，两只手臂上都有一枚凸出的"之"形纹，目的是要赶走厉鬼。上这道纹非常的痛，先是拿一片打火石切开皮肤，再把灰烬和地衣混成的药膏抹进切口，然后伤口会紧紧密合。芮恩想象自己的脸被刀划开，只觉一阵恶心。

他们又走到一条小溪，她再一次哀求他们让她喝水，猎人瞪着她看，目光冷淡，不准喝。

天色渐渐暗下，他们终于抵达营地，而她早已渴的头晕目眩。

野牛族营地位于一座四面以云杉为屏障的山谷中，闷烧的松树瘤散出雾蒙蒙的橘光，以及一股树血独有的呛得人流泪的味道。桦树皮营帐以一棵松树为中心散布四周。每座营帐外都迭着木做的盾牌，看起来很像是大甲虫的巢穴。营火里堆满了石头，一颗野牛的牛角头挂在中间那棵松树上。

松树底下，一群沉默的孩子拿着捣烂的云杉根在编细绳，每个人都面无表情地盯着芮恩看。他们的脸跟大人一样，割出一道道纹路，很多人的纹路上还结着血块。

芮恩看不出这里头谁是领袖、谁是巫师，不过她注意到，这儿并非每个人都是野牛族，这儿还有别的氏族，深色的头发编成结实的辫子，女人两辫、男人一辫，另外，他们的脸上没有疤纹，却抹了一层松树韧皮磨成的红粉。事实上，他们应该说是无一处不染红：嘴唇、脖子、关节，就连指甲都染红了。女人穿着素面的鹿皮衣，男人的腰间系着一条用黑金两色毛皮做成的华丽皮带，是山猫族。

不管是野牛族还是山猫族，每个人的眼神在她感觉都是一样的冷漠，他们不知道什么叫做同情。

抓她的那些人移向营火，在烟雾中蹲下来，让烟从身上飘过。他们也把芮恩推进烟里，仿佛是想净化她，再来他们就把她拖到松树那儿，逼她跪下。

女人纷纷从营帐走出，她们的脸跟男人一样，布满了状似树皮的疤纹，但是她们结了土块的头上钉满了小小的赤杨毯果，而且她们身穿束腰外衣，并无绑腿。

其中一个手上拿着水袋。

"拜托，"芮恩小声说，"我真的好渴。"

女人凶狠地瞪着她。

芮恩虚弱无力地以握拳敲打地面。"拜托！"

有个老人弯下身盯着她看，他真是她见过最丑最多毛的老人了。虽然是野牛族，但他不但没削去头发，而且一头浓发和大胡子只抹上一些泥巴，泥巴一块块地挂在毛发上。他的耳朵和鼻孔露出硬硬的刺毛，纠结缠绕的眉毛，简直像是一团爬藤植物，挂在他又大又深的眼睛上。

他伸出粗硬的手指，戳了戳她那条绿岩护腕。

她忙把身子往后一挪。

他厌恶地吐了口口水，一跛一跛地走掉。

营帐里出来一个年纪较轻的男人，脸上的疤纹活像一张网。

芮恩指着水袋。"拜托！"她苦苦哀求。

男人用手语下了个命令，女人便把水袋放到芮恩面前。

她趴下来，死命地喝。很快地，她的头不那么痛了，力量纷纷冲回了手脚。"谢谢！"她说。

又一个女人拿了一个树皮大碗，把碗放在猎人面前。芮恩心里涌起一股希望，食物闻起来好香，这让人觉得，野牛族似乎不是那么没有人性。

女人舀了些东西，盛进另一个小碗，放在松树杈上献祭，然后她又舀了一份，放到芮恩面前。

是香喷喷的荨麻炖肉片，好像是松鼠肉，芮恩的肚子狂叫起来。

女人束起手指，放到嘴边，点了点头。吃东西。

刚才让她喝水的那个男的清了清喉咙。"你，"他对芮恩说，声音因为很少使用，听起来十分粗哑，"你必须休息，然后吃东西。"

芮恩看了看他，又看了看碗，然后又再看着他。

他们叫我去休息，高朋说过，**他们给我东西吃，然后他们就砍掉了我的手。**

第二十三节

恐惧是最寂寞的一种感觉，你可以和一群人待在一起，但害怕的感觉一出现，你就得靠你自己。

芮恩觉得自己像是即将献祭的供品，她一表示不吃东西，就被带到池边清洗，几个女人还用苔藓帮她擦掉衣服上的灰渣。她找了个借口躲进芦苇丛，设法把她绑在小腿肚上的海狸牙小刀，以及挂在脖子上的松鸡骨哨子藏起来，待她们把衣服还给她时，她的氏族毛皮不见了。

回到营地，她还是被饥饿打败了。在两氏族警戒的目光中，她强迫自己吞了几口炖肉菜。布满疤纹的双手摆动着无声的语言，有个嘴巴薄得像片打火石的年轻人一边磨斧头，一边盯着她的手腕看。

毛茸茸的老人盘腿坐在一旁，整理一堆箭杆。芮恩看着他把一根根柴枝从带纹的鹿角里抽出来，和她族人用的是同一种方法。他不时拿起一束荨麻拍打自己毛茸茸的手掌，缓冲僵硬造成的不舒服，老一辈的乌鸦族人也这么做。

她悄悄凑到他身边。"他们打算怎么处置我啊？"她低声问。

他皱起眉头，弯身弄他的箭杆。

她问他是不是这个氏族的领袖。

他摇摇头，拿起一支箭杆，指向刚才下令给她水喝的那个男人。

"那你是巫师吗？"

又是摇头。"森林深处最好的弓都是我做的。"他大吼一声。

"别跟她说话。"磨斧头的年轻人发出警告，他于是举起手往嘴巴一拍。"她骗我开了口！她一定是森林野马族派来的密探！"

"森林野马族的人我一个也不认识。"芮恩抗议。

"我们恨死他们了。"年轻人抱怨地说。

"为什么？"她问，"你们遵循的准则都是一样的！"

"我们做得比他们好。"他生气地打断她的话，"他们用弓生火，我们用的是柴枝，由此就可以证明。"

"只有我们遵照真正的准则。"一个泥土头女人说，"这也正是我们带着疤纹的原因，我们一度离开真正的准则，我们必须惩罚自己。"

"别的氏族都很邪恶。"年轻人大声表示，同时把沙撒在磨石上。

芮恩心想，倘若能让他们一直说话，或许他们就不会伤害她。她问他为什么。

他恶狠狠地瞪着她。"高山区的氏族很邪恶，因为他们用石头生火，而且还崇拜火灵，火灵是不存在的，只有树是存在的！冰河和海洋的氏族很邪恶，因为他们住在没有树林的恐怖陆地上，还用鱼的油脂生虚假的火。你们这些住在开放森林的最邪恶，因为你们明明知道准则是什么，却就是不照着做。"

一个野牛族女人瞟了他一眼，目光满是责备。"别跟她说话，她是魔鬼，她偷走了我的孩子！"

"没有，我才没有。"芮恩说。

"不许再说话！"野牛族领袖命令地说。

于是他们叫她去松树根那儿蹲着，男人横眉竖目地看着她，女人往她脸上吐口水。她伸手去摸松鸡骨哨子，发现那个年轻人正盯着她看，她于是把哨子塞回背心里。

营地再度安静下来，但见一双双手不停闪动，挥舞着不为人知的意义。芮恩想起乌鸦族的营地，想起争吵的孩子们，想起抽动着鼻子找肉吃的狗，还有坐在火边说故事的芬·肯丁。思念让她的心好痛，芬·肯丁，救我，我该怎么办？

她灵光一闪，想起许多冬季以前一个霜冻的早晨，他带她进森林去试她的新弓。她本来不想去，那时她爸爸刚过世，孩子们都联合起来欺负她，她只想窝在睡袋里，再也不出去。但叔叔来了，他坐在火边暖手，等着她出来。

当他们嘎吱作响地走过雪地，呼出的气息成了阵阵轻烟，芬·肯丁发现了几个脚印，便教她怎么判读这些印迹。"红鹿若知道有狼在

猎捕它，它们会踏着骄傲的步子快跑，还会把蹄子抬得很高。**看，我这么强壮**，它们这是在告诉狼，**别惹我，我会反击的！**"他张着一双澄蓝的眼睛和她对望，他要说的并不只是鹿。

芮恩牢牢抓着树根，芬·肯丁说得没错，她不能坐以待毙，等着别人决定她的命运。"你们在说我什么？"她的声音响遍整个营地。

一颗颗头转了过来，一双双手停了下来。

"如果你们决定了要怎么处置我，跟我说，背着我不让我知道这非常不公平。"

野牛族领袖站了起来。"野牛族向来公平。"

"那么就告诉我啊！"芮恩说。

山猫族领袖首度开口。"你是什么人？"

她站起身。"我叫芮恩，乌鸦族人，我是巫师。"

"女人怎能当巫师？"磨斧头的年轻人嘲笑地说，"那是不对的，我这就让你们看看她这个巫师有几分能耐！"他跑过去抢她的松鸡骨哨子。

"站住！"她警告地说，"这是巫师用来召唤灵魂的哨子！谁都不准碰，只有我可以！"

他往后一缩，像是被她烫到似的。

她把哨子放到唇边，吹了起来。"你们谁也听不见这个声音。"她说，"但是我听得见，这哨子只对巫师和灵魂说话。"

现在，整个营地的注意力都到了她身上。她抬起头，对着星星发出召唤乌鸦的叫声，然后举起手，让大家看她手腕内侧那枚之字形的图腾。"看到我这个标记了吧！这代表闪电，是把厉鬼赶进岩石，把火从树中唤醒的'世界灵'的长矛。谁敢伤害我，伤害就会跟着那个人！"

空中响起仿佛是她母亲的怪异回声，不过她无所谓，无论舍丝露有着什么特殊的身份，她毕竟是个力量强大的巫师。

她看到月亮在树林上方高高升起，贝尔被害死的那晚，它还是死的，可现在它展现出更强的力量，她也一样。

"如果她真的是巫师，"山猫族领袖说，"那也是开放森林那里的巫师，'世界灵'不会希望她留在这里，难怪他迟迟不来。"

大家纷纷点头，指手画脚起来。

"她偷走了我的孩子。"那个野牛族女人又说了一遍，"她带走他，让他变成托卡若思。"

"不，"芮恩说，"我一直在找做这件事的人。"

"那是什么人？"野牛族领袖怀疑地问。

"泰亚兹。"她回说，"橡树族的巫师泰亚兹。"

大家不相信地皱了皱眉，老人看起来一脸失望，似乎已认定芮恩在说谎。"橡树族根本没有人了，"他说，"他们整族都灭绝了。"

"食魂者可没消失，"芮恩说，"带我去见你们的巫师，我会证明给他看。"

"我族巫师向来待在祈祷屋里，"野牛族领袖说，"不接见外人的。"

"如果你当真是巫师，"年轻人喝斥说，"你怎么会不知道！"

大家纷纷点头，朝着她蜂拥而上，带着一张张疤纹脸斜眼瞪她，一双双红手紧抓着上了毒的长矛。她的膝盖抖个不停，但她不动声色地站在原地，现在只要一动，她肯定跌倒。

一声刺耳的鸦叫在森林中响起。

所有人转头看向天空。

一道阴影横过星空——瑞栖在松树枝上，乌黑的眼睛盯着芮恩看。

芮恩呱呱地打了声招呼，它随即飞冲下来，砰一声落脚在她肩上。它的爪子紧扣她的大衣，硬邦邦的羽毛拂着她的脸。她又咯的一声，瑞立刻抬高鸟嘴，半张开翅膀响应她。

大家往后一缩，紧紧抓着自己的氏族动物护身符。

营地边缘，一只狼现身了。

芮恩大大松了口气，如果狼没被火烧死，那托瑞克或许也还活着。

狼的琥珀色双眼先是注视营地，然后才看向芮恩。他竖起颈毛，绷紧了腿部的肌肉，只要她有任何动静，他一定立刻过来帮她。

他只需现身，就已经帮了她大忙，若再有动作，恐怕会有危险。"嗷呜！"她警告地喊。

他歪了歪头，不懂。

"嗷呜！"她又喊了一声。

他转过身，消失在森林里。

族人们低声呼喊，年轻人目瞪口呆地站起身，手上松垮垮地拎着他那柄斧头。

老人清了清喉咙。"我觉得，"他说，"我们还是先别动这个女孩。"

狼很害怕、很困惑，他的脚掌被火热的泥土烫伤，火又吃掉了所有的气味，他怎么也找不到"无尾高个子"，而这会儿，狼群姐妹先是对他嗥叫，接着又叫他离开。

他没离开，他留在无尾们的营地一带。

那些无尾的气味充满害怕和厌恶，他们很讨厌狼群姐妹，但又因为害怕，不敢动她。狼群姐妹自己也很害怕，但是她把害怕藏得非常好，这种事正常狼没法做得像无尾那么好。

离营地不远，狼发现了一个小小的湖。他把疼痛的脚掌踩进泥巴，让它凉快一点，然后他走到较深的地方，清洗火留在他毛皮上的臭味。

当他回到营地，他闻到变动的气味，这些无尾正准备要离开，狼决定跟在后面，不让狼群姐妹的气味跑掉。

两个山猫族猎人跑进营地，大喘着气，满身汗水。他们慌张地对两族领袖比划手语，芮恩很想看懂到底发生了什么事，但实在没办法。

狼走了，乌鸦还在树上玩。它们用脚爪扣住野牛角把身子倒挂，接着迅速落下，在即将落地之前，往上一飞，冲刺着快转一圈。

年轻人愤恨地看了它们一眼，老人只是耸耸肩。"它们只是乌鸦，它们就喜欢玩，以及耍些小把戏。"

芮恩怀疑，这其实意有所指地在说她。

"拿去，"他说，"你还是带着吧！不过我可没法把箭给你。"

她大吃一惊，他居然拿出了她的弓，她的弓被清理得很干净，还上了油，弓弦也重新上了蜡。

"谢谢你！"她说。

他嘀咕着说："这是把好弓，有你一直细心地保养，不像有些弓。"他想到那些被虐待的弓，不禁感同身受地发起颤来。"不过这条弓弦有些磨损，把你备用的弦给我，我帮你换上。"

芮恩迟疑了一下。"这条就是备用的弓弦了。"她没说实话。

他的目光越过纠结的眉毛，深深看着她。

他是否设了什么陷阱给她？他是在提醒她善用自己的武器吗？当她正想问他为什么会把弓还给她时，那个年轻人跑了过来。

"决定了，"他对老人说，"大伙儿在拔营了。"

"要去哪里？"芮恩问。

他没理她，但老人惋惜地看了她一眼。"我很抱歉。"他蹒跚离去，同时低声含糊地这么说。

芮恩还没来得及把她的弓挂回肩上，她的手腕已被捆绑起来，一条遮布硬是蒙上了她的眼睛。

第二十四节

在海狸窝里习惯了黑暗，光亮倒让托瑞克视线模糊。

他眨了眨眼，吐出一口湖水，牢牢攀着一根树枝。树枝上有灰渣，松开手后手都黑了，空气里弥漫着苦涩的褐烟。

他死命爬上窝里叠好的树枝，向四周打量一番。朦胧中，他勉强看出焦黑的山上罗列着一排参差不齐的枯树，其他什么都没有。

他跪下来，芮恩、狼，他们能有活命的机会吗？

只要天上出现一只鸟，他就打破当初对风的承诺，立刻心灵行走去找他们，只要山坡上还有一棵没枯死的树……

不知什么东西，在他身后打了个喷嚏。

小黑驹躺在那儿，细瘦的腿张成了个"大"字形，它看起来像是受了惊吓，就像托瑞克刚才被它的喷嚏吓到那样。

他轻抚它的鬃毛，它对他眨了眨垂着长睫毛的眼睛。他心里生出一线希望，如果小黑驹能在大火中活下来，或许狼和芮恩也可以。

他低声对小黑驹说话，然后解开腰带，套在它的脖子上。它摇摇晃晃站了起来，始终站不稳，然后它垂下头，咳了起来。

过了好一会儿，他终于让它走进水里，陪着它一起游向岸边。

他们刚游到浅滩，就听到马儿尖锐的嘶叫声。小黑驹回应地叫了一声，声量大得吓人，接着它开始拉扯脖子上的腰带。托瑞克才将腰带松开，它立刻摇摇晃晃朝着树林里的黑影走了过去。母子俩用鼻子彼此轻抚，接着小黑驹低下身，钻进母马肚子底下吸奶。

托瑞克陆续看到其他马匹，带头的母马回过头，犀利地看了他一眼。就在这同时，他明白了自己该怎么做。

他兴奋地从药袋里拿出莎恩给他的最后一条树根，塞进嘴里用力地嚼。如果狼和芮恩就在这片荒原的某个地方，还有谁比猎物更有办法探查到他们？

其他马匹都因为他的缘故，不安地甩头，往两边散开，唯独带头的母马，始终站在原地不动。它转了转耳，静听痉挛的他不断呻吟，它低下头，看着他抱着自己的肚子，在一团灰烟中倒在地上……

于是，透过马眼，托瑞克凝视着那个倒在地上、口吐白沫、抽搐不断的身体。

这是他生平第一次感觉到猎物无休无止的警戒。他扭起一边耳朵，静听人类脚踢灰渣的声音，接着又把另一边耳朵往后一弹，聆听母马催促小马的嘶叫。他一只眼扫视岸边，察看是否有猎者靠近，另一只眼望向山坡上方，同时，他的马鼻让他知道马群中每一匹马的动静。

这匹母马的灵魂强大得惊人，但又充满恐惧，尽管托瑞克要它慢跑上山，它就是不从。它是匹有智慧的马，知道最好避开陌生的东西，而眼下既然一切都变得那么陌生，它当然不愿意妄动。它的马群才刚经历了大火的恐怖，现在又来到这座黑漆漆、没有草可吃，只有水闻起来还和以前一样的森林，它打定主意要先停留在这一带。

可是它的骨髓里，却出现了怪异的灵魂，让它很不安。它喷了口气，转了转眼睛，忧心的马群也跟着照做。

在这场灵魂的战斗中，托瑞克终于击败了它，母马后蹄一踢，大步慢跑起来，毫不费力地让四条腿击打地面，有力而且神速！当托瑞克率领马群，轰轰隆隆群奔上山，他心头涌上一股狂喜。

一到山顶，托瑞克让母马停了下来，母马喷着鼻息喘着气。夹带着灰的风玩弄它的鬃毛，让它汗湿的脖子凉快了许多。托瑞克张开鼻子，开始吸嗅。

他马上就闻到了狼的气味。

母马一阵战栗，想起了过去咬它侧腹的尖牙。

托瑞克强迫它待着别动，接着他又听到这样的声音：悠长颤抖的号叫，**我在找你……**

那不是他的狼兄弟。

强大的失望，让他一时控制不住母马的灵魂，接着它便一个转弯，拼命往山下冲。它慌乱地穿过一头雾水的马群，迅速跑回安全的水边。

它在一团灰烟中狂奔，然后突然停下。它闻到人类的气味，闻出这里有的人披着蝙蝠的皮，有的人有马的尾巴。它很震惊，不过倒不害怕，在森林里所有的猎者当中，人类从来不会找它们的麻烦。

害怕的是托瑞克，他看到自己的身体毫无抵抗能力地躺在地上，那群猎人也看到了。

他看到他们踩着一地的碎砾向他走去，他们纹着图腾的脸看起来冷酷无情，他看到一个森林野马族猎人拿起矛柄用力戳他，另外一个人用脚踢他的肋骨，他隐约感觉到有人在踢他。

现在，他们全围过来，又踢又打，他猛地一跳，回到了自己的身体，身体开始感到疼痛，他低声哀叫，不知什么打中了他的头。

他在即将失去意识之际，发出一声无声的号叫给狼。对不起，狼兄弟，对不起，我没法去找你。

对不起，芮恩。

第二十五节

芮恩被人又推又拉的，到后来已不知道时间过了多久。他们有时候抬着她，有时候扔她在独木舟里，只有一次，他们喂她东西吃，给她水喝。

她闻到焦尸的气味，知道他们来到了那片荒原，像是没有尽头似的，但终于，他们再次来到有猫头鹰呜呜叫，有叶子沙沙响的地方。

突然间，她的手腕自由了，遮布被扯下来，她站起身，在耀眼的火光中眨了眨眼。

是晚上。她看见插着火炬的木桩围成一个大圈，闻到松树特有的味道，听到河流汩汩的声音。野牛族和山猫族把营帐驻扎在火圈的一侧，火圈中间耸立着一棵鲜红色的树。树根、树干、树枝、叶子，每个地方都用大地之血涂成了红色。一棵生命完整的树即将成为祭品，为的是把"世界灵"带回森林深处。

不知是谁把她往前一推，她这才发现自己站在劈啪作响的火炬旁边。她感到惊讶的是，她不只看到野牛族和山猫族齐聚在这里，火圈的另一侧，居然还有一个营地，暗影幢幢的人群中，林立着斧头和长矛。其中有个人走向火光，她看见那人的胡须和嘴唇都染成绿色，脸上纹着叶子的图腾，绿色的长发混入马尾编成发辫，头带是褐色的。芮恩简直不敢相信，森林野马族竟然在距离死敌不到一箭之遥的地方扎营。

在月光中，森林野马族那边隐约可见一些人不停地跑来跑去，那些人的斗篷是夜的颜色，炭灰色的网线让人看不清他们的脸，芮恩看到他们下巴那儿纹有黑色的荆刺图腾，是蝙蝠族。

这两方人马隔着烟雾弥漫的火光，相对仅二十步的距离，箭已上弦，每双手都搁在斧头和长矛上。

红树的树根那儿，芮恩看见一袭高大的身影，飘摇的长袍、冠有马尾饰毛的闪耀面具，她不禁起了一身疙瘩，泰亚兹。

长长的袖子藏住了他残缺的手指，他的另一只手握着一支沉重的权杖，杖上刻有层层火烧的螺旋纹。"看我拿着什么，"他对着在场的氏族开口，响彻云霄的声音，和芮恩先前在极北听到的一样。

"我，森林野马族巫师，带来了野牛族发言的权杖。"

野牛族又惊慌又激动。

"野牛族巫师，"泰亚兹接着说，"大家都知道他既有智慧又公正无私，我曾到他的祈祷屋和他交谈，为了表示信任，他把他的权杖交给了我。"

野牛族纷纷不相信地摇头，这是什么把戏？

就在森林野马族巫师走向野牛族领袖之时，他们举起一支支长矛，对准他的胸口，泰亚兹毫不退缩。"为了表示对这支权杖的尊重，我把它还给他的族人。"他一鞠躬，把权杖献给领袖。

就连芮恩都不得不佩服他的胆识，一旦情势不利，他将会被二十支长矛活活刺穿。

野牛族领袖小心地一鞠躬，接下权杖，泰亚兹往后退开。缓缓地，野牛族降下了他们的长矛。

芮恩看着他回到红树旁边，在那里对着两方人马说话。

"一个月来，"他对大家说，"我一直在圣丛林斋戒，而野牛族的巫师也在他的祈祷屋里斋戒，我们两个，都已接收到同样的灵象。"他举起双臂，"我们绝不能再争斗下去！野牛族、森林野马族、山猫族、蝙蝠族、红鹿族，我们一定要团结！"

他到底想做什么？芮恩不懂。她能理解食魂者制造纷争的目的，可是为什么……

"我们一定要团结。"巫师又说了一次，"共同对抗更可怕的敌人！"

接下来一阵静默，静得连飞蛾拍翅的声音都听得见，每个人的眼睛都盯着绕着红树来回走动的面具巫师。

"许多年以前，"他开口说话了，"氏族纷纷背离真正的准则。"

大家低下了头，野牛族中有些人用手刮脸，脸上的伤又裂了开来。

"他们得到惩罚，"巫师说，"整个氏族都灭绝了，獐鹿族、海狸族、橡树族。从那时候起，便有愈来愈多的罪恶折磨着森林深处，这一切都是外来的人造成的，都是那些藐视准则的异教徒造成的。"

才不是这样，芮恩心想。

"三年前，"泰亚兹说，高涨的声音宛若松树林里刮起的一阵风。"一个来自开放森林的骗子，使用诡计寄住在红鹿族中，结果他造出一只附了厉鬼的熊来报答他们。"

大家一阵唏嘘，挥动起拳头。

"两年前，开放森林的人把疾病和托卡若思传了进来……"

不，我们才没有，芮恩心想，做这件事的明明是食魂者！

"唯有靠我们警觉防范，才能把它们挡在这座真实森林之外。"

斧头得意洋洋地挥动起来，长矛敲打着盾牌，一张张五颜六色的脸全神贯注、如痴如醉！

"前年冬季，冰河区的氏族派了大批厉鬼攻击我们，上一个春季，海獭族又想让我们淹死在洪水中。"

这全是胡说八道！芮恩在心里放声大喊。

"今年春季，外来的人偷走我们的孩子，又用大火毁灭我们，他们失败了。"

敲打盾牌的声音愈来愈激烈。

"一直以来，我们就只是忍耐！但现在……"他绕着火圈飞奔起来，"现在，我们必须战斗！所有罪恶都是源自外来的人！他们试图毁灭我们，因为我们遵照准则，森林深处——真实森林中的我们——一定要团结！我们一定要奋起，摧毁开放森林！"

众人的狂吼震动了松林，摇撼着星空。

"扔掉你们的头带！"巫师狂声怒吼，"拥抱森林深处的兄弟们，团结起来抵抗外人！"

大家疯了似的，撕扯着额上的头带。野牛族跑去拥抱蝙蝠族，森林野马族和山猫族彼此以额头相触。红树下，巫师戴着他艳丽的面具看着这一切。

突然间，他举起双手要大家安静。

大家立刻退到火圈以外。

"千万别忘了，"泰亚兹语带威胁地说，"外来者的仇恨是永远不会停歇的。"他稍停了一下，"我带了证据来，我带了这个集邪恶于一身的人给大家，这个人是开放森林派来的密探，他放出大火，企图毁灭我们。"

三个大汉抬出一坨东西走进火圈，把东西扔在巫师脚边。

芮恩看到网里裹着一个不断挣扎的人。

那人痛苦地哼着。

是托瑞克。

第二十六节

网被扯开，托瑞克摇摇晃晃站了起来。他的双脚被牢牢绑住，双手捆在身后，芮恩看见他脸上的鲜血，胸口的瘀伤，她看见他怎么也没法站稳。

他抬起头，直直盯着她看，张大了眼睛。

她以口形叫了他的名字，但他皱起眉头，别多事。

"跪下。"一个森林野马族女人举起长矛抵他的背，强迫他跪下。她纹着空心叶图腾的脸上满是猜疑，愤怒的绿唇紧紧闭着。一束马尾如瀑布似地披在她的发上，芮恩猜她应该是领袖。她对着族里的巫师，深深敬了个礼。

泰亚兹沉默地接受了她的致敬，但芮恩看到他藏在面具后方那双炯炯有神的眼睛，他很享受这种感觉。

"巫师，"领袖说，"这就是那个想毁坏真实森林的邪魔，我以前见过他，两年前，他曾想放出疾病毒害我们，被我们发现。"

"那时候我在找解药。"托瑞克说，声音听起来疲累无力。

"早知道那时就该把他吊死。"领袖说，"我们一定要补救当时的错误。"

大家举起长矛，猛力敲打盾牌，激烈的表示同意。

芮恩想走到前面，一双毛茸茸的手掌挡下了她。"别出声！"那名野牛族老人在她耳边轻声说，"你只会让事情更难收拾。"

他放开她，从领袖手中拿过权杖，蹒跚地走向前。"不过，如果我们杀了他，"他说，"我们就违反了氏族法律。我族的巫师，也就是野牛族巫师，绝不会允准这样的事情。"

"杀了异教徒是为了大家好。"泰亚兹雄厚的声音响遍整片空地，"而且这人并不是普通的异教徒，看看他胸口的伤疤，那是他意图掩藏邪恶本性的证据，看看他额上的图腾，那正是放逐者的标记。"

芮恩再也无法忍受下去了。"他早就不是放逐者了！"她放声大喊，"芬·肯丁把他带了回来，所有氏族也都同意了！"

"森林深处的氏族可没同意。"艳丽的面具回答她，"乌鸦族领袖企图改变氏族法律，氏族法律是不能随意改变的。"

"就只有你可以。"托瑞克说。

"安静！"森林野马族领袖嘘了他一声。

托瑞克抬起头，愤怒地看着泰亚兹。"只要你想，你随时都可以违反氏族法律，对吧，泰亚兹？"

一张张困惑的脸转向巫师。

"屠杀猎者，"托瑞克接着又说，"杀害我的父亲、我至亲的亲人……"

"安静！"森林野马族领袖尖声大叫起来，"你胆敢侮辱我们的巫师！"

"他不是你们的巫师，"托瑞克往后一倒，挣扎着想站起来，"他是食魂者。"

所有人发出愤怒的咆哮，唯独泰亚兹一脸得意。"他这是在打他自己的嘴巴！这不正好证实了他的邪恶。"

"你们这些人到底怎么了？"托瑞克怒声喝斥。

林间一阵骚动，火光摇曳闪烁，就连森林野马族领袖都往后一退。

带疤的胸口、愤恨的双眼，托瑞克看起来十分骇人，完全吻合了泰亚兹对他的指控。"你们都忘了怎么用脑子思考了吗？"他对着人群大吼，"你们难道不觉得奇怪，为什么你们新任的巫师突然间变得这么好战？你们难道看不出来他不是你们的族人？"

芮恩从未见过他这么愤怒，他的怒气宛若冰熊至寒至白的狂暴，吓到了她，也吓到了其他人。

泰亚兹一笑，打破了这个震慑的局面。"看他，果真是个亡命之徒！他很清楚自己罪恶深重！"

大家一阵颤抖，松了口气，巫师夺回了他的气势。

"是非对错，我听得够多了。"泰亚兹对大家说，"放逐者进入真实森林，这对'世界灵'是一大侮辱，而这也正是'世界灵'不愿再来的缘故，放逐者非死不可。"

起风了，红树飒飒叹息。

芮恩惊骇地站在原地。

托瑞克冷冷瞪着泰亚兹。

"不管怎么说，"老人说话了，手上仍拿着那支权杖，"只要休战协议确定成立，野牛族巫师一定也会同意的。"

这话让他的族人顿时清醒，他们都等着看森林野马族巫师如何回应。

火光闪呀闪地照在那枚木雕面具上，芮恩感觉到面具后方纷乱的思绪，他想要托瑞克的命，愈快愈好，但他若忽视野牛族的感受，又恐怕会引起骚乱，毁了他的计划。

"当然，他一定会同意的。"泰亚兹咬牙切齿地说，"今晚，野牛族的巫师就守在祈祷屋，我会守在圣丛林，各氏族均以大地之血涂一棵树，待两方巫师归来，只要我们同一条心，放逐者非死不可。"

托瑞克口渴得醒了过来。

马尾绳紧绑着他的手腕和脚踝，瘀伤一阵阵抽搐，头也痛得难受。时睡时醒的他，不断想着自己究竟在什么地方，一座窄小的营帐，抵着他脸颊的树根……

他猛地清醒了，他们把他放在一棵红树下，再过不久，他们就要把他吊上这棵树。

他想不出有什么办法逃开这一切，把一棵树涂成红色要用多少时间，那他也就只剩那些时间了。

他想起芮恩，她看起来不像是挨过打的样子，那么他们或许会留她一条活路，只要她别出手帮他。

狼呢？他知道狼——如果还活着的话——一定还在烧焦的森林里

到处找他。迷乱、昏惑、不断嗥叫地找着他的狼兄弟，永远得不到一个答案。

托瑞克不知该如何是好，渴得全身火烧一般。

有人握住他的手，把水灌进了他嘴里。

他呛得连咳嗽带喷水，他的舌头肿得厉害，没法吞东西。"别停下来。"他恳求地说，结果听起来只是一连串含糊的声音。

粗糙的桦树皮抵在他的唇边，一只凉凉的手在后面支着他的头。水流进了他的喉咙，像大水湿润干裂的大地那般，浸透他的身体。

"你现在感觉如何？"芮恩小声问。

"好多了。"他的声音低沉沙哑，没说真话，但再过不久他会好很多的。他闭上眼睛，就在芮恩拿着她的海狸牙小刀锯开他腕上的绳索时，他感觉到力量缓缓渗入四肢。"狼。"他轻声地说。

"我昨天看到他了，他很好。"

"感谢守护灵。那——"

"乌鸦也很好，坐起来看看，我们动作得快点。"

"你怎么有办法来救我？"他趁她动手锯开他脚踝上的绳索时问她。

"我哪有办法？"她简明扼要地说，"大家都睡着了，我也不知道为什么，他们就像是吃了昏睡药似的，这种状况不会持续太久的。"

托瑞克咬紧牙关忍着疼痛，揉了揉，把痛逼回手腕，芮恩帮他冲掉脸上的血迹，告诉他泰亚兹已正式宣告各氏族停战。"他八成用手段骗了野牛族的巫师，现在，他们全都落入他的掌控了。"她停顿了一下，"托瑞克，这比我们之前想象的还更严重，他让他们把矛头全指向了开放森林。"

他正想把这事想个清楚，这时外面传来嘈杂声，是瞌睡的低鸣，感觉好似近在身旁，有点恐怖。树皮编织的物品发出了一阵沙沙声，继而消失在一片鼾声里。

四周又是一片寂静，托瑞克放轻声音问，"为什么他们没把你绑起来？"

芮恩把小刀绑回小腿肚，拉上绑腿盖住。"他们非常怕我……因为我是巫师。"

他在艳红的幽暗中与她四目相对，她那坚决的表情真是美丽，他不禁打了个寒战。

于是，她和他又是朋友了。她把手伸到身后，然后往他怀里塞了一双鹿皮靴。"我从山猫族那儿偷来的，千万别小了。"

她在他把脚塞进靴子的时候，凝神望着营帐外面。"你有办法走吗？"

"没法走也得走。"

月亮早已西沉，火炬也已熄灭，两方的营地都暗暗的悄无声息。营帐四周，四个猎人躺成"大"字形沉沉睡着，武器放在一旁。他们的呼吸很浅，一开始托瑞克还以为他们死了。他抓起一把弓和一个箭袋，又在腰里塞了把斧头。

从空地走到火炬那头，仿佛无止无尽。他的头抽痛不止，每走一步，瘀伤的手脚就愈加的痛。芮恩消失在暗影中，他以为她跟丢了，结果她带着她的弓和箭袋再度出现，而且还往他手里塞了个东西，是他的刀。

"你怎么——"

"我跟你说过，他们全睡着了！"

终于，他们走过野牛族营地，躲进一丛杜松后面。芮恩靠过来，头发搔得他的脸好痒。"他们把我的眼睛蒙起来，带我来到这里，我不知道我们现在在哪里，你知道吗？"

他点点头。"我们是乘独木舟来的。从这里大概走二十步路就可以到黑水，我们得乘船到上游去，下船后进到邻近的那座山谷，那里就是马谷。从那里一直走，就可以到圣丛林。"

她皱了皱眉。"那我们去搭船吧！"

他们顺利来到河边，在那儿发现了一排停靠在岸边的独木舟。他们静悄悄地把最旁边的那艘推进浅滩，托瑞克爬了进去。瘀伤不痛了，追逐的快感让他忘记了痛。"水流不是很强，"他柔声说，"如果我们加紧划桨，说不定还能赶上他。"

芮恩站在浅滩，靴子挂在脖子边，迟迟不上船。"托瑞克，把船调转回头。"

"什么？"他焦急地问。

"我们不能去找泰亚兹，时机不对。"

他目不转睛地盯着她看。

"如果你现在把他杀了，"她轻声说，"你就等于证实了他对开放森林所有的不实指控。"

"可是——芮恩，你到底想说什么？"

"我们必须回开放森林那儿，去找芬·肯丁，警告他们现在的状况。"

"你不能这么做。"

她涉水走向他，伸出双手，紧紧抓着独木舟。"托瑞克，我了解这些人！他叫他们做什么他们就做，砍自己的脸，把手剁掉，他们会去攻击开放森林的！"

他渐渐恼怒起来。"我发过誓，芮恩，我发过誓要为我的亲人报仇。"

"这件事比复仇更重要，你还不懂吗？如果泰亚兹死了，他们更会以为这全是开放森林的阴谋。"

"可是他根本不是他们的巫师！只要他死了，他们就会知道了！"

"他的死活他们根本无所谓！托瑞克，好好想想！如果你把他杀了，这只会证明给他们看，他说的都是真的。他们会发动攻击，开放森林会反击，接下来就无休无止了！"

他原本打算抓住她的肩膀，找机会震开她。"你说你会帮我，那

你现在打算扔下我吗？"

她缩了一下，仿佛他真的对她出了手。"如果你一定要去找泰亚兹，那我也势必得去。开放森林需要有人警告他们。"他在她的声音里听到了同芬·肯丁一样冷而硬的坚定：去做自己觉得对的事情，无论付出什么代价都不在乎。

"芮恩，"他说，"我不能回头，我需要你跟我一起，为了我跟我去吧！"

"托瑞克，我没办法！"

他看着她站在那里，任凭墨黑的河水绕着她的小腿打转。"那好，就这样了。"说完，他认真地拿起桨，一路划往上游。

第二十七节

芮恩站在冰冷的浅滩，茫然望向四周的黑暗。

她无法相信托瑞克就这么走了，这样是不对的。没错，很快地，他就会再度出现，然后道歉。"你说得对，我们得赶快回开放森林。"他不会就这么扔下她。

但他确实扔下她了，前方这段漫长、危险的旅途，没有他陪在身边，她将一个人面对。

而且她十分确定，他永远无法靠近泰亚兹身边，这个橡树族巫师已掌控了森林深处，他如何接近他？泰亚兹会杀了他，她将永远都没法再见到他。

一支芦苇轻拍她的肩，柳树低声发出警告。**最好赶快离开此地，尽快。**

她狠狠咬着下唇，往最近一艘独木舟走去。她绕到后面，用力一推，厚重的松木舟居然一动不动。她在泥泞中连走带滑，又试了一次，小船突然松开，溅着水花进到浅滩。

她迅速把箭袋和弓、靴子扔进船里，跳了进去。她才拿起桨拨了一下，独木舟突然一震，她差点掉进水里，她拼了命地举起桨继续划。

幽灵般的猎人硬是把她拖下了船。

"你放了放逐者。"森林野马族领袖说。

"是的。"

"他往哪里走了？"

"回——回开放森林。"

"你和他是同伙。"

"他是我的朋友。"

"你居然勾结他，对付森林深处。"

"不——不是的。"她发着抖，牙齿咯咯作响——实在是河水冷透她的心骨——可他们不许她上岸。一张张疤纹脸阴森森地向她逼近，团团将她围在牛脂的臭气、湿漉漉的编织皮，以及仇恨里。

"你用巫术对我们下毒。"森林野马族领袖说。

"没有。"

"你在我们的水里下了昏睡的药。"

果然如她所料，问题是，下药的人是谁，为的又是什么？

"你对我们下咒！"

芮恩犹豫着，把别人的功劳占为己有向来是她母亲的专长。"我警告过你们，我是个巫师。"她冷冷地说，"你们不会有事的，而且以后也不会有事，只要你们带我去见野牛族的巫师。"

气氛顿时充满恐惧和仇恨，芮恩祈祷，但愿他们的恐惧再强烈一点。

"为什么我们要这么做？"森林野马族领袖说。

"野牛族巫师最德高望重，"芮恩傲慢地说，"我只跟他谈。"

"你没有选择。"领袖气呼呼地说。

芮恩很快地想了想。"这就是森林野马族尊重休战协议的方式吗？"她说，"看不起野牛族巫师？不知道野牛族会怎么想？"

这次换森林野马族领袖犹豫了。

野牛族巫师的营帐像只蟾蜍似地盘踞在一棵倒落的云杉背风处。

野牛族蒙上她的眼睛带她来到这里——先走河道，然后登陆走一段路——她不知道自己身在何处，不过从气味判断，这里离火烧的荒原不远。

"我们的巫师年纪大，身体不好，"他们解开遮眼布，不忘警告她，"你不许让他太劳累，还有记住，你现在能见他，全是因为他说想见你。"说完他们就消失在森林里，留她一个人面对着营帐。

她站在那儿，双手被一团野荨麻胡乱绑在身后，麻绳上还湿湿的带着露水。倒树的圆形盘根耸立在上方，飘散着泥土和腐木的气味，

那上头密布着蝙蝠和猫头鹰的巢穴，并且挂了个刻有螺旋纹的野牛角。这棵倒树和环绕四周的松树上，都垂着树皮编织的红细绳，迤逦地垂进营帐的烟孔，芮恩猜那应该是灵梯，用来帮巫师登上灵界。

营帐给人的感觉怪怪丑丑的，烟孔中飘出袅袅香雾，垂在门口的树皮织布边上装饰着奔走的野牛图案。

"进来。"一个微弱的声音说。

由于手被绑着，她笨手笨脚跪下来，用鼻子拨开织布，拖拖拉拉进了屋。

营火很弱，但挺舒服。帐顶上，灵梯的红绳梢穿过烟孔垂挂下来，在热气中飞舞。越过营火，芮恩看到她的弓，以及被偷走的箭支，放在一堆叶子旁边。

叶子堆动了起来。"我已让我的族人离开，"喘息的声音，静悄悄得宛如夏季吹拂树苗的微风。"两族巫师相见，谈话最好不要被其他人听到。"

芮恩毕恭毕敬地行了个礼。"巫师好。"

当她的眼睛习惯了帐里的阴暗，这才发现巫师浑身铺满了树叶。冬青、桦树、云杉、杨柳，一层层新鲜的叶子，各种色泽的绿像羽毛一般装饰着他的长袍。他用荨麻根串了几大块青草绿的琥珀挂在胸前，拉低的帽子盖住了脸，芮恩看不到他的眼睛，但她感觉得到他正在打量她。

"你为什么要来打扰我祈祷？"他小声地说，口气里倒没什么责备。

芮恩不知该怎么开口，只要野牛族巫师真像大家所说的那么公正，只要他并未受到泰亚兹下咒的控制，那么她就还有机会，要不然……

"有个食魂者来到了森林深处。"她冲口说了出来。

"食魂者？"

"他叫泰亚兹，他故意让野牛族和森林野马族对立，现在又要他们去攻打开放森林。"她大口喘着气，说出来轻松多了。

绿袍子沙沙地飘动起来，巫师伸手拿起一根柴枝，戳了戳余烬。下摆的杨柳叶在热气中卷曲起来，芮恩发现一只甲虫爬来爬去地在找安全的地方。"这是件大事，"巫师低声说，"那人是谁，泰亚兹？"

一颗小琥珀珠子从衣袍的折缝中掉下来，滚到火边，芮恩不知道自己该不该去把珠子捡起来。"他是橡树族的巫师，"她说，"他杀了森林野马族的巫师，取代了他的位置，成为森林野马族新任的巫师，这位巫师你曾和他谈过话……他这个人和你所想的完全不一样。"

"不一样？"他似乎不太懂，"那么，这些都是你自己推敲出来的？"

"是的。"芮恩没说实话。

"你是什么人？"

"我叫芮恩，是乌鸦族的巫师，我试着警告过大家，可是他们都不相信。"

"所以你到这里来，就是为了消灭食魂者。"

"还得需要你大力相助，巫师。"

"啊！"巫师叹了口气，随着每次呼吸，他的胸口便一阵起伏。

那颗琥珀珠子在火中嘶嘶叫着，闪闪发亮，芮恩闻到了熟悉的臭味，那不是琥珀，她想，是云杉血才对。

"消灭食魂者。"巫师说，他仿佛不断放大，大得涨满整座营帐。他的胸口随着笑声起起伏伏，接着他把帽子往后一甩，甩出一头赤褐色浓发。"那么你打算，"泰亚兹说，"怎么完成这个任务呢？"

第二十八节

橡树族巫师倒不急着拿下她的命。

他把手伸进衣袖，拿出一把云杉血药丸，往嘴里一扔。芮恩看着他用黄牙把药丸咬了个精光，纠结的胡须中闪现着点点金光。事情的来龙去脉如落雪般纷纷显现，泰亚兹是野牛族的巫师，也是森林野马族的巫师，他把那两个人杀了，取代了他们的位置，利用森林野马族的面具和野牛族巫师独处式的祈祷为掩护，再不久，他们之中就会有一个人消失，那么另一个便将独自统领大局。

知道他秘密的只有芮恩一个人，而他也知道这点。

黄牙不断咬啊磨的，绿眼慵懒地望着她看。

她就这么双手被缚在身后地跪在他面前，任凭他的摆布。他吐了个碎屑到火里，笑看着缩成一团的她。"我想，你大概是想跟我发誓，绝不会把这事说出去。"

她努力让自己停止发抖。"没必要。"她说。

他的眼睛一亮。"那么也没必要假装自己一点也不怕。"

她没回话。

他那么高大的一个人，以惊人的速度转眼就旋到她身旁，才一眨眼，沙沙作响的树叶和一股云杉臭味已将她包围。他用手扣住她的喉咙，是那只只剩三根指头的手。残缺的粗手在她的皮肉上搜寻，找到了静脉血管。他露齿一笑，感觉到了她正在皮肉底下横冲直撞的恐惧。他大可啪的一声，像点个火似地扭断她的脖子，一切便结束了。

她的思绪就像无数的小鱼在飞窜。说说话，说什么都好。"那个火——火焰蛋白石。"她气喘吁吁地说。

她从眼角的余光看到他把另一只手移到胸口，是她自己胡思乱想，还是他的脸当真闪过一抹阴影？可是还有什么会让橡树族巫师害怕的呢？

她决定冒险一试。"你没告诉她。"她说。

"告诉谁？"他立刻回问。

"欧丝特拉。"她轻声地说，透过这个名字，她的声音听起来有如埋骨地里冷冽的空气。"你没告诉她东西你到手了？可是她知道，噢！当然，鹰鸮族巫师一直都知道，她就要来找你了。"

他伸出艳红的舌头，舔了舔嘴唇。"你不可能知道这些的。"

"但我就是知道，我遗传了我母亲的本事。"

"你——你母亲？"

"你看不出来吗？"她迎向他的目光，"蛇族巫师，我的身体里流着她的血……我知道欧丝特拉打算怎么做。"

"你有什么办法知道？你又不是巫师！"

"我知道心灵行者逃走了，"她的话啃噬着他的不安，"我知道你的计划出了状况。是哪儿出了问题？是什么人让你没法称心如意？"

他一把放开她，摔得她一头撞在门柱上。她一阵眩晕，挣扎着让自己站好，她听到他笑了起来。

"没错，"他若有所思地说，"说不定这么一来更好，说不定活饵比死的更好用。"

他从衣袖里抽出一把锯齿状的火石刀，长度和芮恩上臂一般。她往后退缩，但他根本不在意。没时间再玩了，他现在一心一意要让事情尘埃落定。他从烟孔那儿拉下几条灵梯，割断后充当绳子绑住她的脚踝，接着暴力地堵住了她的嘴。

他凑近她的脸。"得好好利用完你，再让你死。"他低声轻喘地说，"你得把心灵行者交给我。"

她拼命摇头。

"是的，你得让他到圣丛林来找我。"

他快速、粗暴地搜出她的海狸牙小刀和松鸡骨哨子，割下她挂在腰带上的药袋，然后把这三样东西全扔进火里，最后，他又做了一件事，才用帽子把脸盖住，他把她的弓握在手里，啪地折成了两段。

第二十九节

托瑞克觉得自己看到狼在岸边，可是当他开口叫喊，他却没有出现。乌鸦也没来。它们仿佛知道了他之前的作为，在责怪他。

"可是我没有扔下她，"他说，"是她离开了我。"

一阵疾风吹皱河水，杨树责备似地摇动起来，一棵满是树瘤的橡树在他划桨过去时，生气地绷着张脸。

他无法相信芮恩就这么离开他，回到开放森林。当然她一定会改变主意转而来找他的，是吧？可当他期待听到独木舟的声音时，却只听到水流汩汩的声音和睡着了的树飒飒的叹息。

她会没事的，托瑞克心想，她会好好照顾自己的。

这是一定的，她会的，托瑞克，她不需要你来帮忙，在这森林深处的中心，不怀好意的氏族加上一个逍遥法外的食魂者，谁不拿你当猎捕的对象？

破晓了，他停下来休息，顺便吃点东西，不论什么都让他想起芮恩。晨光在野草莓丛中闪闪晃动，如果此时她在旁边，她一定会去挖些根，嚼一嚼来清洁牙齿。当他在浅滩找了些芦苇茎，放进嘴里嘎吱嘎吱地嚼，他想起去年的某一天，她本来想喂狼吃个芦苇茎，最后却玩起了捉鬼游戏。他们三个最后都泡在水里，托瑞克和芮恩不知所措地笑着，而狼却啪啦啦地跑来跑去，就担心他的战利品，还玩笑地嗥叫起来，仿佛战利品是只旅鼠。

"够了！"托瑞克说。

河对岸，一只水獭抬起它油亮的头，瞪了他一眼，继续大嚼它前掌握着的鳟鱼。

蕊飞下来，用鸟嘴含住水獭的尾巴，用力地拉。恼怒的水獭旋转起来，直对着这位不速之客怒吼。就在它背转过去的时候，瑞俯冲而下，抢走了它掌中的鱼。

两只乌鸦栖落在托瑞克旁边，吃光了这条鱼。他发现它们分食一条鱼，就像他和芮恩无论什么都一起分享，他一拳重重捶在地上。

当鳟鱼被吃得只剩骨头，蕊飞到托瑞克肩上，轻柔地拉他耳朵，瑞朝他走来，凝神望向他腰带上的药袋，这只天鹅脚药袋本来是芮恩的，但在去年春季，芮恩把它送给了他。

"别连你们也这样。"托瑞克不耐烦地对乌鸦说。

瑞摆了摆尾巴，还是盯着药袋看。

托瑞克莫名其妙地打开了药袋，拿出里头的鹿角药罐。两只乌鸦都歪着头，像是听着什么。

托瑞克闷闷不乐地把药罐放在指间把玩，刻在罐上的尖枝图纹看起来似乎是云杉林。芬·肯丁曾告诉托瑞克，这是他母亲给森林的预兆，所以他一看到这药罐，马上就知道这是她的东西。现在，托瑞克又看到了他早已忘记的东西，芮恩的一缕发丝缠在鹿角尖上，这是他被放逐的时候，在她睡袋里发现的。

慢慢的，他解下这缕发丝，瑞跳上他的膝头，用嘴含住头发，轻轻下滑，小心地仿佛在啄理羽毛。

托瑞克重重叹了口气，去年夏天当他灵魂生病，芮恩派这两只乌鸦来帮他，而他却扔下了她。

就像他之前扔下贝尔那样。

这么想下来，他突然全身发冷。一样的事又发生了，他和贝尔争执，贝尔死了，那现在芮恩……

他把那缕发丝紧紧握在拳中，他要回去找她，他一定要让芮恩跟他一起走，现在先把复仇的事暂搁一旁。

他跳进独木舟，调转回头，开始往下游走。

这一次，乌鸦一路跟着他飞。

狼很疑惑、很担心，"无尾高个子"到底在做什么？

自从大火吃了森林，狼就一直追踪，结果还是不懂。他曾悄悄潜入无尾的宿营地，看着他们彼此叫嚣，撕裂头上的皮条带，然后，他们又把他的狼兄弟拖出来，就在"无尾高个子"对着他们叫嚣时，狼

一度想跳过去帮他。但那可怕的、渴望血腥的叫嚣……狼不会这样，狼听不懂那种叫嚣，他好害怕。

后来，他又跟着"无尾高个子"和狼群姐妹来到河边，结果他们在那里互相叫嚣，再来，**"无尾高个子"就丢下了她**。狼不会丢下自己的狼群姐妹，"无尾高个子"是不是生病了？他的心破碎了吗？

在那之后，狼就一直在夜里行动，跟着他的狼兄弟来到上游。"无尾高个子"开口叫他，但狼没去找他。狼很讨厌这样躲着他的狼兄弟，可是他清楚地知道，有时他会突然有这种清楚的感觉，他就是不能去找他。

虽然他自己也不知道为什么。

第三十节

高山区一定下过暴雨，因为黑水飞快地把托瑞克带回了森林深处的营地。

他用带叶的树枝掩饰独木舟，自己平躺在船里，掩护的事全交给芦苇。他运气不错，所有人都忙着为树上色，男男女女大人小孩，每一个人都努力地涂着大地之血。

他想不透，他们这是发了什么疯，怎么会这样盲目地服从命令？难道他们看不出泰亚兹偷偷窃走了他们的自由，就像狐狸侵吞一具死尸那样？

当营地移出了视线，他开始划桨。下午过去了，西风带来了荒原的臭味，他始终没有一点芮恩的线索。

绕过河湾时，他看到北岸有很多烂泥，像是独木舟带来的，可船没在那里，柳树枝那儿有个东西闪了一下，是一绺深红色的头发。

托瑞克上了岸，沿着岸边小心地走。

有男人四面包围的脚印，一路往森林去，在这当中，他发现了芮恩的脚印。她又被抓走了，可他们为什么要带她往那里去？

他强迫自己定下心整理头绪，发现这些人没多久就又回来了，然后划船离开。他们是带着芮恩一起走的吗？他觉得应该没有。

再往里走，他又发现了一束她的头发，绑在一根小树枝上，然后又有一束。他揪紧的心稍稍放松了些，如果芮恩还有办法留下头发，那她一定没事，而且她正是希望他追上来。

他抽出刀，走进森林。

日暮时分，他来到一棵倒落的云杉旁，背风处有个小营帐。他看见挂在树上的红细绳，以及刻有螺旋纹的野牛角，他猜想这大概就是野牛族巫师的祈祷屋，不过这儿静得有点怪，像是个荒废了的营地。

门口摆了两根树枝，交叉地挡在那里。一根橡树枝，一根紫杉枝。托瑞克满心忧虑地直接跨过，走进帐里。营火只剩死白的余灰，脆弱得和骨头一样，不过那上面还横着个东西，他的五脏六腑差点掀翻，那残骸是芮恩的弓。

他不敢相信地拿起那破碎的黑紫杉，她曾为它付出那么多苦心，他想起上个夏季里的某一天，他拿了她磨碎的榛果帮它上油，阳光鲜亮地映照在她红色的发上，他那时还想，不知把她的发丝缠在他腕上会是什么样的感觉。她的眼睛骨溜溜地转了转，和他四目相望，他的脸顿时火烧似的红起来。狼在他身边东闻西嗅，想找出榛果，芮恩一把推开他的鼻子，"不行，狼，这不是给你的。"但没多久她就心软了，拿了一把给他。

托瑞克跪在余烬中，拿起残剩的弓，他闻到灰的味道，以及云杉特有的气味，并且在膝盖旁边发现一棵小小的琥珀珠子。他捡了起来，没错，云杉血，就在旁边，还有一枚手印，出自一个高大的男人，少了两根指头。

一切再清楚不过，托瑞克抽丝剥茧，明白了泰亚兹就是野牛族的巫师，同时也是森林野马族的巫师，他们根本是同一个人。

而且泰亚兹还抓走了芮恩。

他东倒西歪地站起来，走出营帐，林间空地在月光的照映下一片冰蓝，他想到芮恩不得不眼睁睁地看着泰亚兹把她的弓折成两段，食魂者想必开心得不得了！他甚至企图让托瑞克知道这一切，故意留下弓作为标记，并且留下三个指头的手印。**泰亚兹干的好事**。

留下那几束头发让人追踪的是泰亚兹，不是芮恩。他就是要把托瑞克引来这里，确定他已中计，至于那两根交叉的树枝……明显地是在告诉他，他把她带去了哪里。

圣丛林，橡树上挂着尸体的那个地方。

托瑞克跌跌撞撞地走到树边，觉得恶心想吐。

这都是他的错，他一心想着复仇，却把芮恩送入了橡树族巫师的魔掌之中。

只要直接扑过去，他就可以来到"无尾高个子"的身边，可是狼

不能找他。不知什么一直挡在他们之间，他们之间就像隔着一条巨大的河似的。

"无尾高个子"一直用前掌捧着狼群姐妹的弓，现在，他小心地把它放在树上。狼感觉得出他很害怕，害怕底下，是他那可怕的、血腥的冲动。

挡着不让狼去找他的，就是这股血腥的冲动。我一定要杀了"被咬的那个"，"无尾高个子"曾经这么跟他说，并非因为他是猎物或是争地盘，只因为他杀了灰毛皮无尾。

可是为什么？狼不会这么做，这——这"不是狼"。

忧心紧缠着狼不放，他粗暴地啃咬一根树枝，绕着圈圈跑个不停。

"无尾高个子"听到他的声音了，他扑过来，低声鸣叫。跟我一起，狼兄弟，我需要你！

狼呜咽地叫了一声，向后退开。

他想起他们在冰原，遇见那群白狼。当时他曾试着跟带头狼说起"无尾高个子"，他没有尾巴，狼那时说，而且他用后腿走路，可是他……

那么他"不是狼"，带头狼严厉地回答。

狼那时认为是带头狼搞错了，可他不敢反驳。

但现在……

"无尾高个子"用后腿站起，朝着狼走来，他一脸困惑，为什么你不跟我一起来？

他的脸……

从一开始，他就很喜欢狼兄弟扁平没有毛的脸，可是当他站在夜里凝望着他，他发现他的脸和狼的脸是那么的不一样，"无尾高个子"的眼睛不会反射月亮的光，像狼那样。

一点都不像狼。

像棵树倒下来似的，这个念头冲进了狼的心里，经过了许多天，狼其实早已渐渐知道，"无尾高个子""不是狼"。

痛苦啃咬着狼的心，他从不知道有这么痛的痛，即使当他在山上还是幼狼时，他极度想念"无尾高个子"都没这么痛，如果那时遇到这样的痛，也一定不会像现在这么痛。

"无尾高个子""不是狼"。

"不是狼"。

"无尾高个子""不是狼"。

第三十一节

我以为你知道的，托瑞克用狼语说。

狼向后退开，一双琥珀色的眼睛满是愁苦。

狼，我以为你知道的。

狼呜咽地叫了一声，尾巴一转，跑掉了。

托瑞克追上去，飞一样地跑遍树林。没希望了，他踉跄地停下脚步，半弯着身子，喘得上气不接下气。身旁的白面子树展开树叶，盛装满月的光。他放声号叫，狼没回他，托瑞克的号叫渐渐成了啜泣，狼走了，永远地走了？

树林在风中摇动，低声说着，赶快，赶快。泰亚兹说不定早已到了圣丛林，说不定他已生了火，又插了一根树桩到树心里，说不定他现在正拖着芮恩往那里去……

托瑞克跑过营帐，回到先前放独木舟的地方。他跳进船里朝上游走，拿着桨死命地拨打着河水，仿佛拨打的是泰亚兹。他走过一重又一重暗黑的树林。因为他，狼痛苦悲伤；因为他，芮恩落入橡树族巫师的魔掌。

黑水狰狞残忍，他全身灼热有如火烧，这全是他的报应。

透过树林，他瞥见森林深处营地的红光，但河面被封锁起来，树皮织网悬在河上横跨两岸。

托瑞克拿起桨使劲一打，调转回头，来到营地的死角地带，把船停在一丛杨树林边，连爬带走登上了岸。水路他没法往前走下去了，那么他就只能走陆地，他担心自己没法及时赶到圣丛林。

突然间，他呆住了，他从靴子底下感觉到土地微微的震动。

他跪下来，两手贴在地上，刚才是幻觉吗？真的往他这儿来了吗？

也许，总会有路走的。

狼觉得脚底下的土地不停地颤抖，但他还是大步往前跑。他由闻到的气味知道，自己正跑向被大火咬过的土地，他无所谓。

最后，干渴折磨得他的喉咙发痛，他不得不停下来，找了个小水坑，急急喝了些水。然后他抬高口鼻，对着森林号叫他的悲苦。

"无尾高个子""不是狼"。

"无尾高个子"不是狼的狼兄弟。

狼不再有狼兄弟了。

狼只有自己。

脚下的颤抖愈来愈强烈，狼无精打采地，确定了这颤抖是许多蹄子重力踩踏的声音。

为了不挡在路上，他小步跑上一座小山丘，在山丘上看着马群疾驰而过。它们浓郁的气味在他鼻尖上打转，但是他因为心里的悲苦，完全不为所动，也懒得去想，它们到底为什么会这样拼命地跑。

等它们跑开，他又溜回那个小水坑。

旁边的泥土都被马蹄踩得稀巴烂，湿冷的泥巴一坨坨粘着他的脚掌，他无所谓。他想，不知"无尾高个子"有没有听见这些马群的声音，及时躲开。"无尾高个子"听觉和嗅觉都不是很好，现在又没了狼兄弟在一旁提醒他。

当狼垂着尾巴站在小水坑旁边，他看见一只住在水里面的狼正凝神看着他。这只狼真是古怪，竟然没有气味。狼还小的时候，曾因此受到惊吓，但现在，他很快就知道，这只怪狼并没恶意，而且只要他一后退，怪狼也就跟着后退。

这会儿，水里这只狼的表情竟也和狼的内心一样悲苦。为了逗他开心，狼轻轻摇了摇尾巴，水里的狼也一样轻轻摇了摇尾巴。

接着，奇怪的事发生了，又一只狼出现在水里，就站在原先那只旁边。

只不过这只是黑色的。

第三十二节

"深色"站着不动，等着看狼接下来做什么。

狼，一样保持不动，脚爪深陷在泥巴堆里，毛皮激动得麻刺刺的。

"深色"迅速抽了一下尾巴。

狼抬起口鼻，吸嗅起来。

缓缓的，"深色"举起前腿，轻轻碰了碰他的肩膀。

他们轻触彼此的鼻子。

狼突然张口咬住它的颈背，它速速挥动尾巴，低声鸣叫，露出它的肚腹。他放开它，和它双双连翻带滚，毛皮和尖牙粘满泥巴。他们互相追逐，在水里来来去去，狼突然咬住它的侧腹以示欢迎，"深色"开心地抽泣起来，回敬地咬他一口。它往上一跳，黑色的毛皮闪着水的亮光，接着它快转一圈，把他举抱起来往下一扔，于是他追着它上山下山，嗅着它热烈的气味，这真是他闻过的最美的气味。

这会儿，它从水里面扒出了些树叶，和他双双啃咬起来，然后他们突然一倒，休息不玩了。它喘着气，跟他说它好想他，所以就离开狼群跑来找他。经过许多天，以及吸嗅和倾听，它发出嗥叫找他，原本期待会听到他响应的嗥叫，结果就在那时，大火吃掉了所有的气味。

狼闭起眼睛，听着微风轻拂它的毛皮，他觉得惊讶、开心，也悲伤。

"深色"很聪明，很快就感觉到他的感觉。你为什么悲伤？它问。那只没尾巴的狼在哪里？

狼一跃而起，抖了抖身子。他不是狼，他不是我的狼兄弟。

"深色"一只耳朵疑惑地动了一下。可是我们一起玩，他是你的狼兄弟，这不可能的。

狼来来回回跑着，他找到一根好玩的柴枝，扔到它面前送给它。

"深色"没理他，立起身，用鼻子蹭他肩膀。你记不记得，有一次幼狼想吃他外面那层毛皮，你挡下了它们？还有，我扔过一个鱼头给他？

狼痛苦地悲泣起来，他当然记得，那天出了个大太阳，那时他和"无尾高个子"都还是高山区狼群的一分子，那时他们一起游泳、一起开心。

"深色"用臀部揉搓他的肩，又用鼻子蹭他颈背。我一直在追一群马，有一匹可口多汁的小驹，我本来快抓到了，结果它的母亲踢了一脚。走！我们打猎去！

狼挺起口鼻在风中转了转，马的气味在他鼻尖飘散开来。"深色"没再追下去，马群一定跟着停下来，它们离这儿肯定不远。

"深色"一跳，摇摆着尾巴跑进树林。来吧！接着它就又跑又跳地去追那一群马，滑亮的一只黑狼，飞跃在荨麻丛中。

饥饿在狼的肚子里醒了过来，他旋即忘了痛苦，飞快地跟在它的身后。

托瑞克感觉到泥土间有马蹄引起的震颤，马群正朝他这儿跑来。一定是有什么吓到它们，大概是山猫，要不就是熊。很好，他心想，愈快愈好。

现在，他听见它们来了，当它们愈来愈近，他听到喷气、喘息，以及树枝断裂的声音。他离开路径，贴身靠在榉树上。

只一会儿，带头母马跃入他的视线，它的头高高昂起，马尾挥舞摇摆。它飞快跑过，后方跟着一大群马，宛若光滑的黑河，河中有着挺直的脖子，结实的臀部。

就在它们跑过去的那一刹那，托瑞克发出一声刺耳的嘶叫。

他听到马匹撞在一起，马身相叠，接着是一声响应的马嘶。

托瑞克走到小径上等着。

蕨丛动了，他听到它的鼻子喷着气，蹄子踱着步，接着黑亮的马头冲了出来。

带头母马停在离他二十步远的地方，侧腹鼓胀，鼻孔大张。

203

他嘶叫一声，企图让它放心。

它甩了甩头。

他以低沉轻柔的语调对它说："我的气味你之前闻过，记得吗？我帮一匹小黑驹回到马群，你知道，我并无恶意。"

它转着耳朵，听他的声音，但它的头还是因紧张而高高昂着，而且不时对着他摇摆后腿和臀部。退后，我踢了！

托瑞克慢慢走向它，继续说着话，目光始终停在它身上，但他不想吓到它，所以并没有直接盯着它。

它的侧腹冒着白烟，一双黑眼张得很大，没再瞪着眼白。有那么一瞬间，托瑞克和它四目相触，一种默契流动其间。他的灵魂曾经躲在它的骨髓深处，他知道身为一匹马是什么样的感受，而且母马也知道托瑞克知道。

"我知道。"他说，又靠近了点，"我知道。"

它往旁边一闪，来回挥舞尾巴，从来不曾有人类靠得这么近。

他感觉到它的侧腹不断发热，他屈身吸嗅它的鼻孔，因为他看过马和马之间都是这么打招呼。它没有拒绝，还以带着草味的气息温暖他的脸。他把手轻轻放在它肩上，把拇指和指头蜷缩起来，搓刮它汗湿的毛皮，模仿马儿彼此啃咬的问候。

一股震颤涌了上来，由它的肩胛骨传至它的尾巴，然后，它以鼻子喷出高兴的气息。

"我是你的朋友，"他对它说，"你知道的，对吧？"

他继续用手轻捏，慢慢滑上它的脖子，它转过头，轻轻咬了咬他的肩膀，回应他的问候。

他把手下移到它的肩骨，揪起一把鬃毛。

接着，他做了所有氏族从不曾有人做过的事。

他奋力一跃，骑上了马背。

第三十三节

带头母马愤怒地尖叫，又弯又跳地就是要把托瑞克甩下来，他紧抓它的鬃毛，双腿勾在它的腹前。

它跳立起来，也许这么一来就可以把这可恶的麻烦给甩掉，可他往前一趴，用大腿死命夹住。

它突然开步快跑，差点扭断他两只手臂。他在它宽大、光滑的背上滑上滑下，勉强撑着。

它朝着一根低垂的树枝跑去，他弯身一闪，小树枝刮伤了他的背，他压低身子，以免它故技重施。

他们轰隆隆地冲过杂木林，因母马的惊慌而跟着惊慌的马群随即跟在他们后面快跑。透过树的缝隙，托瑞克瞥见了那道河流，母马正朝着上游，朝着可以给它安全感的山谷拼命快跑。

粗糙的马皮抵着他的脸，当他闻着它的马汗，听到它来回冲撞的气息，他突然感到沉重的罪恶。它是他的朋友，而他却让它受到惊吓。真糟糕，可为了救芮恩，没法多考虑什么了。

母马毫无预警地立起前半身，肩胛骨撞上他的颧骨，就在那一瞬间，他们从一棵倒落的树上飞跃过去，母马猛然落地，再次冲撞他的颧骨。

他看到目标出现了，赶紧趁着母马冲进森林深处核心，进入营火亮光之际，爬起身来。水桶和皮锅被他们踩在脚下，他们奔驰在一棵棵红树之间，散布四周的人群都牢牢抓着自己的孩子，张口结舌地看着托瑞克。

他越过肩头，放声大吼，"你们的巫师是食魂者伪装的！到圣丛林去，自己看个明白！"不久营地已落在他们身后，他们朝着山脊上了山。

到了这时，托瑞克才恍然发现，刚才居然没人朝他放箭。没有箭、没有上毒的标枪。他们不敢冒险，怕的是伤到这群圣马。他的药袋撞在他的大腿上，不知怎地，他突然很想感谢母亲的灵魂，保佑他一路平安。

又一棵倒树迎面而来，他及时在它跃过之前，紧紧靠住它的脖子，但它才落地，就陷进泥沼，卡住关节，连着他也被喷了一脸泥巴。它挣扎着想脱身，他倾身向前帮它一把，它奋力抬起后半身，总算冲了出来，吓得一堆松鸡咯咯咯地从灯芯草中狼狈地跑出。

月持续沉落，当他们直驱风河，森林里冒出重重暗影。托瑞克发现，比起他先前走的小径，现在所在的位置偏东，而且路更陡，树更密，这匹母马真狡猾，它知道到马谷的快捷方式。

一根根树枝扯弄他的头发，黑刺李花如雪花般纷飞。突然间，母马加快速度，然后突然停住，头一垂，摔得他差点从它肩胛骨上跌出去。跟在后面的一整群马全撞在一起，它们抖了抖身子，开始吃起了草。

"不行！"托瑞克喘着气，一双腿上下鼓动，不断拍它脖子。"别停下来，我们还没到！"没用，母马没什么感觉，他还是继续拍，它踱起脚步，大甩尾巴，打得他的脸又刺又痛。这会儿它站定不动，完全不受威吓。

应该说是不受托瑞克的威吓。

一声熟悉的乌鸦叫！一抬头，瑞和蕊俯冲而下，作势往母马的臀部伸出利爪，就快刺到的时候，它们一个回身，往上飞去。

它大吃一惊，猛地把头抬起，后头的马群全都吓得不断喷气。

乌鸦又再俯冲，母马侧步一闪，张出了眼白。不完全是乌鸦的缘故，托瑞克知道，母马闻到了真正令它害怕的气味。

再一次，它大步跑了起来，再一次，他们轰隆隆地冲过柳树林。这匹母马不好惹，托瑞克也一样，即便黑压压的树枝迎面不断，乌鸦大声拍着翅，手痛脚痛的他始终骑在马上。

风河消失于地底，柳树渐少，云杉渐多，在东方，托瑞克看见一道红色的裂纹，泛红的曙光像极了一道伤口。

当他们进入冬青树林，母马的蹄声显得格外响亮，托瑞克感觉周遭环绕着泰亚兹的力量。这匹母马不喜欢冬青树林，但不知什么原

207

因，它竟怕得不断向前奔跑。

它先他一步闻到火的气味，然后托瑞克看到黑烟穿透了整片血红的天空。担心、害怕像根鱼刺似地梗着他的心，他来迟了吗？

他把手贴在腰间的药袋上，感觉鹿角药罐的存在。他喘得没法发声祈祷，可他在心中祈求母亲，一定要保佑芮恩平安，他祈求"世界灵"，他向狼发出召唤。

当狼和"深色"大步追着马群，狼意识到他们的猎捕为的已不是最初的理由，不过他还不是很清楚现在这理由到底是什么。

他慢下脚步，"深色"也跟着慢下。他竖起耳朵，在风中隐约听到一声高亢的哀号，远比最高昂的狼嗥、最尖锐的蝙蝠叫声还更高亢。

"深色"也听到了，它听不出那是什么，但狼知道，那是"无尾高个子"放在侧身的鹿骨发出的号叫，这块鹿骨向来沉默无声，可现在却放声鸣叫。

除了这，狼又听到另一个声音，但这个声音"深色"听不到，因为那发自内心深处，是狼的心。这个号声是"无尾高个子"在叫他，一如狼好久以前在那可怕的时候，就是坏无尾把他关在石头洞穴时，他自心里对"无尾高个子"发出的嗥叫。**狼兄弟！快来找我！狼群姐妹有危险！**

一只冰冷的鼻子搓着狼的侧腹，"深色"很困惑，你为什么慢下来？

狼不知道该怎么办，他不是狼，他跟它说。

"深色"的目光变得很严肃。**你们是狼兄弟，狼不会遗弃自己的狼兄弟。**

狼悲痛地起身，站在小径上听着心中的号声，这时，太阳凝眼望向高山，火的气味正乘风朝他而来。

第三十四节

焦肉的臭味使芮恩恶心得想吐。

"下一个就是你了。"刚才泰亚兹这么跟她说，她没出声，他只一味地笑。

经过独木舟上噩梦般的奔波，他把她扛上肩，大步迈进森林，当她是一只布袋似地转来转去。他每跨出一步，她的脸就撞在他背上。

他一进入圣丛林，她立刻就知道，因为这儿的树极度地警觉，它们始终看着，却不伸出援手，对它们而言，她轻如鸿毛，没什么大不了。

食魂者扛着她穿越一片荆棘丛，走过一堆巨型营火留下的灰烬，爬上一截斜立大树边、上头凿了踏梯的松树干。芮恩看到剥落的树皮，闻到紫杉的气味，她努力不去想自己的弓。接着泰亚兹一把推开树枝，将她扔下，于是她掉进大紫杉巨穴般的树心。

她的手腕和脚踝抽痛不止，肩膀也因为被久扛又酸又疼，她被堵住的嘴受了伤，泰亚兹把堵嘴的绳子绑得很紧，她根本没法把绳子咬开，最糟的是，她掉下来的时候，左脚压在身下扭伤了，于是她只要一动，膝盖就一阵剧痛。

漫漫长夜，她蜷缩在黑暗中，聆听自己惊慌的呼吸。为了给自己打气，她对自己说，就在上空的某个地方，满月大放着光芒，接着她又想，一旦天熊抓到满月开始吃它，它很快就又会失去力量。

她有生以来头一次，没愿望可以许。她不能许愿要托瑞克来，因为泰亚兹会杀了他，可他若是不来，泰亚兹就会杀了自己。

大紫杉苍凉的身躯高耸在她四周：开裂、剥落，维持着残酷的生命。她试着让痉挛的四肢舒服一点，猫头鹰反刍出的肉渣丸子和骨头，嘎吱嘎吱地在她身子底下发响，有些很大，有些易碎，纤细得像冰霜一样。她想，我现在正躺在累积了几千个冬季的遗迹上面。

遥远的上方，难以企及的远方，有片天空慢慢由灰淌出了红，最后一颗星星闪烁着微光。她伸长了脖子看着，一只蜘蛛仓皇地从她膝盖旁边窜过去，忙着逃命。她真希望它会再回来，她不想一个人待在这里。

她很想念她的弓，这么多个夏季以来，它一直和她形影不离，是一个安安静静从不曾令她失望的朋友，她在心里，再次听到那惨烈的"啪"的一声。

现在，她一无所有，没有刀、没有斧头、没有药罐、没有叫狼的哨子、没有任何可以召唤瑞和蕊的法子。她就要死在这儿，一个人，无人为之复仇。

她一骨碌靠在紫杉树上，不知什么刺进她的前臂，原来是她的护腕，至少，她心想，我还拥有这个。

绿岩磨得亮光光的，很平滑、很美丽，那是芬·肯丁教她射箭时，特别为她做的。想到他，就像黑暗中出现了一道光芒，她不会就这么无人为之复仇地死在这里，芬·肯丁会发现的，到时泰亚兹可就得绷紧了皮注意一点。这位乌鸦族领袖一生起气来，那可是比每一个食魂者都恐怖。芮恩想起叔叔脸上硬得有如岩石雕刻的皱纹，想起他透亮、湛蓝、冰冷的注视，她身子挺得更直了。

芬·肯丁说过，一个猎者最宝贵的东西不是打火石，也不是武器，而是他脑中拥有的知识。

想想，芮恩对自己说，想想。

烟味呛得她的头抽痛起来，整理思绪真的很难。

烟。

那烟并非来自上方，那片天空依旧澄澈，可这烟一定有其来源。

痛苦地环视紫杉一周，她发现了几道裂缝，这些裂缝没有指头宽，但起码能让她瞧见外面的动静。

以理智战胜了恐惧的小小胜利让她心情稍稍好了一些。她笨拙地站起身，倚仗完好的那条腿，一蹦一跳走到最大的那道缝隙，往外面窥探。

她看到了火，以及火中恐怖的祭品，营火后方不远，是截巨大的橡树干。树皮样的脸斜视着她，可树枝光秃秃的，全枯死了。

芮恩的心猛地一揪，那截松树踏梯就靠在橡树旁，如她所料，泰

211

亚兹并没把踏梯留在紫杉树旁，也就是说，如果她想跳下去的话，即使凭着天大的本事，挣脱了手上和脚踝的束缚，爬往那片天空，最终她还是逃不过摔断脖子的命运。

而且即使她没摔死……过了那棵橡树，还有那片荆棘，叠至胸高的杜松枝，围在圣丛林四周。泰亚兹早在带她进来之时，就把这里都围起来了，就算有谁来了，他们也接近不了她，而她也跑不出去。

正当她透过裂缝看着外面，一袭黑影闪了过去，她往后一缩，趺了一跤，她震到膝盖，痛得尖叫起来。

泰亚兹笑了。"就快了。"

她不甘心地，挣扎着回到裂缝那儿。

橡树族巫师一圈圈绕着营火，在她的视线中时进时出。他依旧披着树叶斗篷，但他把帽子垂在后面，任凭长发飞扬四散。他的胸前挂了一串代表氏族的橡实和槲寄生，浆果的色泽是那种雾蒙蒙的白，很像是盲人的眼睛。那当中隐约有个不一样的东西，芮恩看见了一个黑色的小药袋。

火焰蛋白石。

她知道泰亚兹感觉到了她的注目，而且他还很享受这种感觉，但她并没因此离开，继续看着他往火里又放了些树枝，盯着垂挂在树桩上的焦肉。

她勉强自己往上看，星月都已泯灭，这儿没什么能帮你，空荡荡的天空如此嘲笑。

她的心思像只蜘蛛似的四处乱窜。瑞和蕊在哪里啊？狼呢？托瑞克呢？

不，不可以祈求他来，那正如了泰亚兹的愿。你是个饵，他如果来了，你可就得眼睁睁地看着他没命。

而且输的不会是泰亚兹，她很肯定，他是森林里最强壮的男人，又有着巫师的诡计多端。

她的头愈来愈痛，突然间身子一震，她这才发现，她恐怕再也看不到她的靴子了，裂缝不断渗进了烟，汇聚在她脚踝四周。

她的眼睛开始刺痛，她试着咳嗽，却只能从被堵着的口中嘟囔地发出沉哑的声音。

"就快了。"泰亚兹又说了一次。

她再一次透过裂缝窥看，橡树族巫师两脚大开地站在那里，生皮鞭在两手间抛来抛去，严酷的一张脸显得很不自然。他似乎在等着什么，他难道听到了什么她没有听到的声音？

她脑中的声音愈来愈清晰。

那不是她脑中的声音，而是外面的声音，是荆棘围墙外传来的声音。

是马蹄响亮的踏声。

第三十五节

轰隆隆的蹄声愈来愈近，芮恩把脸贴在裂缝上，睁大了眼看着。

一袭黑影出现在她眼角，接着她就看到一匹黑马飞快跃过那片荆棘，然后是托瑞克——没错，托瑞克——就骑在马背上。他一手抓着马鬃，一手拿着他那把蓝色石板刀。他的黑发飘然飞起，他的脸坚决地正对着泰亚兹。

母马的蹄子击打在地面上，扬起了一阵灰，但托瑞克牢牢骑在马背上，目光一刻不离橡树族巫师。橡树族巫师沉默地站着，手握着鞭，轻轻敲叩自己的大腿。

母马喷了口气，甩了甩头，托瑞克跳下马背，脚步晃了一下，但还是牢牢站稳。母马甩起尾巴，再次跃过荆棘，蹄踏声渐渐消失不见。

芮恩听到营火爆裂，灰烬落下，她的脸贴在坚硬的树面上，不断擦磨，不，托瑞克，他会杀了你的！她好想尖叫出来。

泰亚兹从容不迫地解下斗篷，斗篷之下的衣服，是用许多猎者的皮做成的，有狐狸、山猫、貂熊、熊，它们的力量化成了他的力量，他的大刀挂在腰带上，刀缘上仍可见一次次杀戮留下的淡红血迹。他所向无敌，不再只是个披着树叶、树皮的生灵，不再属于森林，他是森林的统治者。

托瑞克站在那里瞪着他看。"她在哪里？"他咆哮起来。

"她在哪里？"托瑞克喘着气说，他累坏了，两腿抖个不停，吃力地让脚保持站立。

橡树族巫师隔着烟面对他，他高大、安静、掌握一切。托瑞克看不到芮恩的踪影，只看到枯橡树旁放着一截松树踏梯和树桩上那个恐怖的东西。

"这不就是你想要的？"他厉声斥问，"你要我这条命，好啊！我就在这里！放她走！"

"那你想要的又是什么呢？心灵行者。"泰亚兹说，"为你死去的亲人复仇？好啊！我就在这里，你只需要走过来，拿下我的命，你就完成你的誓言了。"他露出一口黄牙，张开双臂，展示他的肩与胸那令人畏惧的蛮力。

托瑞克迟疑了。

"倘若你敢动我一根毫毛，心灵行者，那个乌鸦族女孩就死定了，不过倘若你把自己送入我的掌心，她便可以离开。"

营火发出嘶嘶的声音，冬青树林、大橡树、大紫杉，全都等着看托瑞克接下来怎么做。

他的目光始终不离泰亚兹，他卸下箭袋和弓，往后一甩，把家伙全抛到荆棘墙外，接下来是他的斧头，最后，他举起父亲留给他的蓝色石板刀，扔了出去。

手无寸铁的他，隔着腾腾热气，正面迎向食魂者。"我决定放弃复仇，"他说，"我违背了自己发下的誓言，这条命你拿去吧！别杀她。"

第三十六节

"别杀她，"托瑞克又说了一次，但他的声音沦为哀求的低语，恐惧占领了他的心，说不定芮恩早已经死了。

泰亚兹从他的表情看出来了，他把嘴高高噘起。"什么都没用了，违背誓言的人，你再也见不到你的女孩了。"

在那一瞬间，托瑞克陷入绝望。

但是之前那副画面却也鲜明，他想起芮恩站在山洞口，朝着厉鬼附身的熊射出最后一支箭的模样，她那时明知道自己没有胜算，却坚持奋战。

他昂起头来。"我不相信你说的话。"

食魂者的鞭子发出啪的一声，扬起一阵火花。"结束了，心灵行者，想对付我，你一点能耐都没有。"

"我可还没死呢！"托瑞克说。

泰亚兹抽出刀，朝他走去。

托瑞克迂回绕走，寻找生路。

橡树族巫师笑了起来。"等我拆了你的骨头，一脚磨碎你的脑壳，磨得你的眼球突出来，就再没什么心灵行者了，像只蠓虫绕着峰牛打转似的，唧唧喳喳地绕着我打转。我是橡树族巫师！我一统森林！"口沫自他唇间四散飞溅，他的声音在岩石之间回荡不已。

不知从什么地方，一只狼嗥叫起来，两声短促的嗥声。**你——在哪里？**

托瑞克发出回应的叫声。**我在这里！狼群姐妹在哪里？**

但是狼不知道。

泰亚兹挥了挥他那只剩三根指头的拳头，怒声狂骂，"你那只狼曾经咬下我一块肉，可这次没机会了！"他把刀插回刀鞘，骤然从火中拿起一段烧热的木头，绕着荆棘围墙狂挥。杜松咻的一声着火，一瞬间变成一面火墙，泰亚兹狂喜。"就连火都遵从我的吩咐！"

炽热的火墙外，托瑞克听到卵石咯啦啦的声音，接着是狂怒的吼叫、尖叫，最后成了轻声低吟。火焰高涨，托瑞克发出警告的吠叫，

退后！你帮不了我的！

他把手放在药袋上——芮恩送给他的天鹅脚药袋。"芮恩！"他放声大喊，"芮恩，你在哪里？"

托瑞克大喊她的名字，可芮恩只勉强发得出一声尖叫，接着就咳个不停。大紫杉里烟雾弥漫，她若不赶快想出办法，这里很快便是她的葬身之树。

可是，她又无法离开裂缝那里。她总觉得这样看着，就可以保住托瑞克一条命，倘若她移开了目光，泰亚兹就会把他给杀了。

愚蠢！愚蠢！她对自己说，但她还是继续看着，看着托瑞克绕着火走，泰亚兹跟在后面。慢慢的，他抽出鞭子，一如山猫玩弄旅鼠那般，玩弄他的猎物，托瑞克累极了，他再也撑不下去了。

芮恩毅然下了决心，强忍着把目光移开。她拖着身子往后退，靴子在成堆的腐叶和毫无用处的碎骨头上磨蹭。她摔了一跤，落地时用手去撑，手掌受伤，她绝望了。

手指间淌出一股热流，她转过身子，还是看不清怎么回事。

不知是骨头还是树根割伤了她的手，如果能找出那个东西的话……

烟愈来愈浓，她无法呼吸，也看不见。她往身后摸索，到底在哪里？

有了，一个薄薄的锯齿状的刀缘，应该不是打火石。管它是什么，反正就是个卡在紫杉树里不会移动的东西。

她拖着脚步又再靠近一些，开始锯着手腕上的绑绳。

外头传来的声音因为隔了一层木头，感觉很遥远。是狼在叫吗？是乌鸦的呱呱声吗？她在自己粗哑的喘息声中，听到泰亚兹嘲弄的声调，但就是听不到托瑞克一点声息。

她继续锯着绑在手上的绳子。

乌鸦盘旋在空中呱呱叫着，泰亚兹抬眼瞥了一下，托瑞克逮到这个机会，抓起一根火里的树枝，猛烈挥舞。

橡树族巫师轻松地闪开，托瑞克发现手里的树枝上的火灭了，只残余枯死的灰枝。

"你是不可能用火来对付我的，"泰亚兹冷笑地说，"我是森林和火的主人！"

一阵风，像是回应他似的，摇动着树林，掀起一阵烟，蒙住了托瑞克的眼。

瑞再度俯冲下飞，泰亚兹的鞭子打到它的翅膀，瑞虽然高飞逃命，却还是落了根黑羽在余烬上。

烟呛得托瑞克咳个不停，当他止住咳嗽，咳嗽的声音却仍在继续。

泰亚兹看着他狼狈的模样，眼里闪起恶狠狠的亮光。"火不会伤我，却会生出烟，要了那女孩的命。"

托瑞克疯了似的四处寻找，咳嗽声到底从哪儿来的？可是风一阵阵愈来愈强，他听不出方向。

泰亚兹往大橡树瞄了一眼。

没错，树梯，橡树一定是空心的，**芮恩就在橡树里。**

托瑞克绕着火边慢慢移动，悄悄往橡树走去，然后朝树梯快冲。

出乎他的意外，橡树族巫师居然看着他这么做而不阻挡，就在托瑞克跑到一半时，他高声说："你自以为聪明，可其实一点也不，心灵行者，她就要被活活呛死了，而你却像只受困的松鼠困在我的手中。"

托瑞克紧紧抓着树梯，泰亚兹要了他，咳嗽声不但没有更明显，反而更微弱，声音不是来自橡树，而是紫杉。

他颤抖地挥开脸上的汗水。"不必再等多久，"他防卫地边喘边说，"各氏族就要到了……你现在没了面具，他们会认清你的真面目。"

"那么我就快一点吧！"泰亚兹说完，大步走向梯脚，动身往上爬。

第三十七节

　　腕上的绑绳应声而断，芮恩一把扯开口里的绳子，吞进大把的烟，咳到吐了才没再咳。她拼命锯着脚踝上的绑绳，费劲站起来，一个大步跳到裂缝那里。

　　浓烟遮得她看不见，她听不见狼和乌鸦，以及托瑞克。别想这些，出去，快出去。

　　她在浓烟中摸索，寻找脚可以踏，手可以抓，任何能帮她往上爬的东西。她的手指在头顶上方发现了个突出的东西，摸起来像是个树桩，不可能，可确实是。她把身子往上提，用没受伤的那只脚找支点。她找着了一个只够放进脚趾的凹洞，用手紧攀着树。又一个树桩。这些桩子不知是谁钉进树里的，她没那人高，非得拉长了手才够得着。紫杉好像很乐意帮忙，带着她走过一个个树桩，也许它只是希望她赶快离开。

　　到上面时最艰困，树桩没了，树木边缘腐烂得厉害。她抓住一根树枝，勉强撑起身子，让自己半挂在树枝上。手指的皮刮破了，还有根断枝一直戳她肚子，但她不必再担心浓烟，大口吸着森林清新的气息。

　　她在高处觉得很晕，底下没树枝，跳下去又太远。她把树枝推到旁边，试着用膝盖稳住身子，结果树枝弹回来正中她的脸，仿佛是在说，我们帮你一次了，别得寸进尺，然后她看见了托瑞克。

　　他几乎和她等高，已上到树梯顶端，爬在橡树的横枝上。他没看见她，他拼命地想把树梯推倒，可泰亚兹就在梯上，牢牢攀着梯子和树。

　　托瑞克斗不过他的，芮恩无能为力地看着泰亚兹翻上树枝，沿着树干往上爬。托瑞克急忙一闪，看见了芮恩。他叫唤她的名，但没出声，他知道了芮恩的处境：危险，却无路可走。泰亚兹飞快地绕到另一边想抓住他，托瑞克又一闪，一把抓住树梯，用力一推。芮恩看见松树干倒向她这边，直直撞在紫杉树上，正好落在树干中间，托瑞克给了她一条路下去。

这么做让他差点没命，就在他刚爬上另一根树枝时，泰亚兹扑了过来，托瑞克一个转身，迟了一步，泰亚兹一刀砍上他的大腿。他痛得叫出来，一脚踩上泰亚兹的手腕，逼他松开了手上的刀。

表面上他占了上风，但芮恩发现他全无胜算。食魂者根本不需要武器，他会一直跟在托瑞克后面，然后来到树梢顶端……

她强迫自己把目光移开，在这里她什么忙都帮不了他，她得赶快下去。

松树梯离她还有一段距离，她得跳下去才行。她弯下身子，沿着树干边缘移动，直到只剩双手勾着大树，她放手一跳，松树梯抖了一下，因为她没受伤的那只脚撞在树梯上，不过它仍然立着没倒。她没踩凹槽，直接滑了下去，手刮伤了，落地时受伤的膝盖一阵剧痛，她放眼看去，托瑞克不见了。

不，他在那里，他紧抓着橡树渐细的顶端，食魂者正节节逼近。芮恩看见泰亚兹伸手去抓托瑞克的脚，只差一点而已。托瑞克已快爬到树冠顶，这是最后分出的新枝。芮恩看见他黑暗的身影映照在狂烈的天空中，转着头，想着接下来该怎么办。她脑中浮现出橡树族巫师抓住他的脚踝，往下一扔，任他惨叫着死去。

她咬紧牙关，拖着受伤的脚，爬到营火那里。她赶紧抓起一颗树血饱满、闪闪发光的松树瘤，爬到橡树那里。

"托瑞克！"她上气不接下气地叫着，"托瑞克！"她放声一吼，"接住！"

他猛地转过头。

芮恩单脚跪下，手臂往后一挥，瞄准好了方向。这一次，一定得是她有生以来扔得最准的一次才行。

烧热的树瘤越空而过，转出阵阵火花，托瑞克接到了。

他单手挂在树上，另一只手击向泰亚兹。食魂者闪到橡树干后，来回绕圈，差一点就抓住托瑞克的脚，却没想到他那串代表氏族的果实卡到树枝，把他硬是往后拉。他粗暴地扯开那串果实，任橡实和槲寄生如雨点般狂落，却把装着火焰蛋白石的小袋紧握在胸前。

这正好给了托瑞克往上爬的机会。他来到树冠顶，侧身爬上当中最结实的树枝，树枝被他压得下垂，他拿起火炬用力一挥，橡树族巫师一拳打去，差点打断托瑞克的手腕，迫使他松开了火炬。托瑞克眼看自己最后的机会在火光中绕转，应声落地，时间顿时停住。

泰亚兹心喜若狂。"我是主人！"他放声大吼。

然而就在他大肆宣扬战绩的同时，森林吹了口气，把火花送进了他纠结的头发里，托瑞克看着火花燃起，橡树族巫师却浑然不知。

托瑞克决定放手一搏，他试着转开他的注意。"你永远不可能成为主人，"他嘲笑地说，"就算你杀了我，你也永远得不到你想要的东西！"

"我想要什么？"橡树族巫师冷冷一笑，爬得更近了。

"你杀害我亲人的目的：火焰蛋白石。"

"可是我已经拿到手了！"他大摇大摆地挥着小袋子炫耀。

黑羽在空中如电光一闪，蕊试图咬下小袋，但泰亚兹大手一挥弹开了它。

他的笑声骤然停住，一袭黑影飞掠而过，鹰鸮安静地张着羽翅，一双利爪划过天空俯冲而下，撕裂了他手中的袋子。他狂然怒吼，伸手想抓住它，可它却飞走了，张着翅膀径直飞向高山区。

泰亚兹的怒吼此刻成了尖叫，因为火已掌握大局，它饿极了，它紧抓他的浓发、他的胡须、他的衣服，他歪歪斜斜地，一个不稳，掉了下去。

托瑞克从橡树顶端，看着食魂者毫无气息地躺在树根上，他看见一大群森林深处的猎人自冬青树林涌出，冲进荆棘围地，围着这具尸骸。云朵突然出现，大雨滂沱而下，火焰灭了，扬起缕缕呛鼻的烟气。森林发出一声深长的叹息，这个威胁着它鲜绿之心的邪魔终于除掉了。

托瑞克爬到安全的地方，脸上淌着雨水，但他无所谓。他累得不停发抖，但又麻麻地失去了感觉，他甚至感觉不到大腿上有道伤口。

他跳回地面，摇晃着走向倒在火边的芮恩。他跪在她身旁，紧紧抓着她的肩膀。"你有没有受伤？他有没有伤害你？"

她摇摇头，脸色苍白如骨，眼里满是泰亚兹留给她的阴霾。她张嘴想说话，接着脸一红，从他身上挣脱开来。她露出光滑的颈背，他伸出双手揽住她，紧紧将她抱住。

当他们紧靠在一起，他腿侧的药罐发出嗡嗡的声响，一抬头，他看见狼站在大紫杉和大橡树之间，双眼闪着领路者琥珀色的光芒。看，他对托瑞克说，他来了……

不知从什么地方，一阵急风扫过圣丛林，树枝摇了起来，却无声无息。太阳破开云层，大树一一闪现绿光，十分刺眼，但托瑞克却无法移开他的目光。药罐的鸣声进入他的内心深处，震颤地穿透他的骨。世界顿时碎裂、崩塌，他听不见余火和雨水的声响，闻不到烟味，感觉不到怀里的芮恩。

在大橡树和大紫杉之间飘摇的雾中，站着一个高大的男人，眩目的天光下，男人的脸暗不见光，长发飘扬在无声的风中，他的头上，耸着雄鹿的角。

托瑞克大叫一声，忙用手遮住眼睛。

当他再往那儿看去，灵象已消失不见，但狼在那里，他的狼兄弟，他正摇着尾巴，穿越层层雨水，快步跑向他。

第三十八节

托瑞克醒来时，不知道自己身在何处。

他身上盖着一件温暖的兔毛斗篷，绿光从云杉枝屋顶照下来。他闻到燃木的烟味，听到营地的声音：劈啪的营火爆裂声、吱嘎的磨刀声。

然后记忆回来了，在圣丛林里跪在芮恩身旁，森林深处的氏族蜂拥而上，有人把他的刀塞回他手里，回营地的路上，有时走，有时乘独木舟，有个女人帮他缝大腿上的伤口，还有个人帮芮恩的膝盖敷药，一杯加了蜂蜜的饮料让他昏睡，接着就什么都记不得了。

他闭上眼睛，身子卷成一团，他的胸口隐隐发疼，仿佛有个人想从那儿跑出来似的，他的心里满是担忧。泰亚兹死了，可欧丝特拉拿走了火焰蛋白石，而他和芮恩这会儿却落在森林深处氏族的手中。

当他走出营帐，他发现一大堆人等在外面。他们弯身敬礼，他没回礼，两天前，他们还因为他的身世对他大吼。

出乎他意外的是，他看见杜伦安和红鹿族也在其中，另外还有一些柳族和野猪族的人，却不见乌鸦族。芮恩呢？他正想开口问，这时森林野马族领袖敬了个更大的礼，请他到红树那儿等着。

等什么？他不解。森林氏族的人围在他旁边，安静的注视令人不安。

看到芮恩拄着拐杖一跛一跛地走向他，心里的大石头总算落下。"你知道吗？"她轻声说，"你整整睡了一天一夜，我得用力戳你，才知道你是不是还活着。"她的声音很开朗，但他看得出她有心事，只是还没准备好要跟他说。

"每个人都敬礼敬个不停。"他悄悄说。

"这有什么法子，"她回说，"谁教你骑了那匹圣马，又打败了食魂者，还有，大橡树长出叶子了，大家都说这是拜你所赐。"

他不想谈这些，于是问起她膝盖的伤，她耸耸肩，说恐怕还会恶化。他问杜伦安怎么也在这里？芮恩告诉他，曾经遵奉准则的森林深处各氏族，现在已断然放弃了准则，所以他们再也不鄙视从未遵奉准则的红鹿族。"还有野牛族，他们因为被食魂者要得团团转，觉得很丢脸，决定刻上更多疤纹惩罚自己，也不再有人会去攻打开放森林。"

"就因为这样，所以野猪族和柳族也来了这里？"

她耸起肩膀，用拐杖敲了敲地面。"芬·肯丁派他们来的，"她的声音闷闷的不太自然，"为了不让高朋和他的氏族发动攻击，他费了很大的心力，不过总算劝退他们，让他们答应只派领袖过来谈判，不打仗，柳族和野猪族是来支持他们的。"

"那芬·肯丁呢？"托瑞克简单扼要地问。

她嘬了嘬嘴。"发烧，他病得很重，来不了，这是前几天的消息，这两天就什么都没听说了。"

就算他说些什么，他的病况也不会因此更好，但他还是想说些话，偏偏这时，所有人分站两边，两个野牛族猎人拖着那个灰发女人一路走来。

他们放开了她，她摇晃地站着，一双没睫毛的眼睛紧盯着托瑞克看。

森林野马族领袖强迫她跪在她的矛尖上，开口对大家说："我们是在营地附近逮到这个罪人的！"她高声说，"她承认了，那场大火是她放的。"她对托瑞克敬礼，装饰的马尾扫过地面，"该怎么惩罚，交由你决定。"

"我？"托瑞克说，"可是，就算要决定，那也该是杜伦安才对。"他朝红鹿族巫师瞄了一眼，她却依然一副深不可测的模样。

"杜伦安说必须由你决定，"领袖说，"各氏族也都同意，你救了森林，由你决定这个罪人的命运。"

托瑞克望着这个犯人，而她也凝视着他。这个女人，曾经想把他活活烧死，而他现在却只有同情。"主人死了，"他对她说，"你知道，对吧？"

"我真羡慕他啊！"她一脸疲惫却又带着渴望说，"他终于明白火是什么了。"突然间，她对托瑞克一笑，露出破裂的牙齿。"可是你——你得到神的祝福！火没拿走你的命！我愿任凭你裁决。"

芮恩走过来，站到他身边。"是你，"她对女人说，"是你在他

们的水中下了昏睡药。"

女人扭转着干枯发红的手。"火没拿走他的命！他们没有权力杀他。"

人群中传出愤怒的耳语，森林野马族领袖大力甩动长矛。"说出你的决定！"她对托瑞克说，"她便死路一条。"

托瑞克看了看那张急于复仇的绿脸，又看了看灰发女人。"让她自生自灭吧。"他说。

大家发出强烈的抗议。

"可是她对我们下药！"森林野马族领袖大喊，"她放了大火！不惩罚她不行！"

托瑞克转身面向她。"你的智慧胜过森林吗？"

"当然没有！可是——"

"那么就这么决定了！红鹿族会时时注意她的动静，她会立誓，绝不再放火。"他望向领袖，两人四目相对，终于，她放低她的长矛，"就照你说的吧！"她喃喃地说。

"啊！"所有人发出一声轻叹。

杜伦安一动不动，看着托瑞克。

突然间，他好想远离这些人，这些涂着泥块的头、狂野的目光、鲜红的树。

他用肩膀推开人群，正要离开时，芮恩跛着脚跟上来。"托瑞克，等一下！"

他转过身。

"你做得很好。"她说。

"他们根本不明白，"他厌恶地说，"他们会让她活命，是因为我要他们这么做，并非因为这样做才是对的。"

"那对她而言并不重要。"

"那对我而言，却很重要。"

他离开她，独自走出营地。他无所谓走到哪里，只要能远远离开这些森林深处的氏族就好。

没走多久，大腿的伤就痛了起来，他赶紧走到河边坐下，看着黑水缓缓流过。疼得更厉害的是他的胸，他好想狼，可是狼没来，他又没勇气发出嗥叫。

他感觉到背后有人，转身一看，是杜伦安。"走开。"他放声大吼。

她走向他，坐下来。

他扯开一片羊蹄甲的叶子，顺着叶脉把叶子撕得细碎。

"你的决定很明智，"她说，"我们会看好她的。"她停了一下，"我们不知道她疯得这么严重，我们不该放任她到处乱跑，我们做错了。"

托瑞克好希望芮恩也能听到她这番话。

"她是犯了错，"杜伦安接着又说，"但把复仇交给森林，这才是明智的。"她转身望向托瑞克，他感觉到她目光的力量。"你现在总算明白了，你的母亲她一直都懂这道理的。"

托瑞克一动不动。"我母亲？可是，你不是说她的事你没什么可以跟我说？"

她对他淡淡一笑。"你一心只想着复仇，还没准备好要听。"她把头歪向一边，端详着上方正在变色的树叶。"你是在大紫杉里出生的，"她说，"那时你母亲觉得时候到了，就来到圣丛林，请森林保护她的孩子。她进入大紫杉，你就在那里出生了。她把你的脐带深藏在树的怀抱里，然后就和狼族巫师一起逃往南方，后来，她知道自己不久于人世，就叫他来找我，说出了所有她不能跟他说的事情。"

她伸出手，一只斑纹蛾落脚在她掌上。"在你出生那晚，'世界灵'透过灵象来到她面前，他下了命令，要你用尽一生，消灭狼族巫师曾协力造出的邪魔。她很害怕，她求'世界灵'帮助她的孩子走完这个艰辛的命运。他说他会让你成为一位心灵行者，但那么一来，你一定会没有氏族，因为每个氏族的力量是同等的。"她看着飞蛾拍翅离开，"而且他下令，这个天赋的代价必须是你母亲的生命。"

托瑞克盯着手中残剩的叶梗。

"为了确保这个约定，'世界灵'切下头上一段鹿角，交给了她，她把鹿角做成药罐，药罐完成的那天，她死了。"

一只红尾鸟栖在杨树上，往枝上揩了揩嘴，飞走了。

"你父亲，"杜伦安说，"把你放到狼窝之后，便去建造她的死亡平台。三个月后，他把她的骨骸带到圣丛林，安息在大紫杉里。"

托瑞克把叶梗往水面一扔，看着它流走。大紫杉，他的出生之树，他母亲的死亡之树。

他想起他的父亲，在伴侣临盆之际，将树桩钉入古老的树身，帮助伴侣爬进大树，后来又带着她的骨骸回来，连同她的刀，长眠于此，而那把刀，在许多年之后，竟救了芮恩一命。

河对岸，一群小鸭跟着母鸭，沿着岸边往下游走。托瑞克看着它们，却是视而不见。他没有氏族，因为他是心灵行者，是他的母亲决定让他拥有这个天赋，以自己的生命为代价。

他内心既痛又恨，她原本可以活下来的，可她却选择了死，她做这一切都是为了他，可她却离他而去。

他摇摇晃晃站起来。"我根本不想要这些。"

杜伦安才想开口说话，他却比手势叫她回去。"我根本不想要这些！"他放声大喊。

他没有目的地在森林里快跑，直跑到大腿痛得再也动不了。

他发现自己来到一片绿油油的空地，洒满阳光，燕子飞冲下来，蝴蝶在银莲花上飞来飞去。好美，他心想。

他死去的亲人再也见不到这般美景。

他跪在草地上，想起母亲、父亲，以及贝尔。胸口的痛尖锐有如火石，这段日子以来，他活着只为复仇，如今事情过去了，却只留下了悲伤。胸骨底下仿佛有个什么松脱开来，他放声大喊，不断地喊，一声声响亮、用力、激动的哭诉，为这些离他远去的亲人放声痛哭。

芮恩躺在睡袋里，凝视着黑暗。她绝望地、不断地想，芬·肯丁做了那把弓送她，泰亚兹折断了那把弓，芬·肯丁病了，那把弓是个恶兆，芬·肯丁不在人世了。

终于，她再也受不了，拿起拐杖，一跛一跛地走出营帐。

夜半时分，营地静无声息，她走到营火边，坐在一截圆木段上，看着火花迸裂后消失在空中。

托瑞克在哪里？他怎么能这样？在她急着想回开放森林之时，不跟她说一声就跑了。

过了一会儿，他无精打采地走进营地，一看见她，便走过去和她一起坐在火边。他看起来很累，眼睫毛硬硬尖尖的，似乎刚哭过。芮恩硬下心来。"你去哪里了？"她指责地问。

他愤怒地瞪着火光。"我想离开这里，回开放森林去。"

"我也是！如果不是你那样跑掉，我们早上路了。"

他拿起柴枝戳了戳余烬。"我讨厌当心灵行者，那感觉像是个诅咒。"

"你就是你！"她冷冷地说，"何况，那样也是有好处的。"

"什么好处？告诉我那到底有什么好处？"

她恼怒了。"在你还只是婴儿，待在狼窝的时候，因为你是心灵行者，所以你学会了狼语，也因为这样，你和狼成了朋友，这就是好处，不是吗？"

他还是生气地瞪着。"可那不只是学会狼语而已，问题是这件事本身，每当心灵行走的时候，我觉得，灵魂上也留下了记号。"

芮恩感到不寒而栗，她也一直在想这件事。冰熊的狂怒、毒蛇的无情……有时，她隐约看到这些特质在托瑞克身上显现，还有，他眼中的绿色光点。当然，那没什么不好：这些光点代表着森林的智慧，他们只是像苔藓附着在树枝上那般地附着在他身上。

但是现在她心很烦，不想跟他说这些，便转口说："也许是会留下记号，但也不一定每次都会，你的心灵行走到乌鸦身上，结果你也没变得比较聪明。"

他笑了。

她拄着拐杖，站了起来。"去睡一下，我想天一亮就动身。"

他把柴枝扔进火里，站起来，从身后摸出了个东西，塞入她手里。"来，我想你会需要这个。"

是她破碎的弓。

"现在，你可以让它安心休息了。"他说，声音听起来不是很有把握，似乎不确定自己应不应该这么做。

芮恩不知道该说什么才好，当她紧紧握着这个心爱的木器，她仿佛看到芬·肯丁正在刻它，这是一个征兆，一定是。

"芮恩，"托瑞克轻声说，"这不是恶兆，芬·肯丁很强壮，他会好起来的。"

她倒抽一口气，却哽住了。"你怎么知道我在想这个？

"嗯，我——了解你。"

芮恩想象托瑞克颠簸地穿过森林，拿回这把破碎的弓，她想，也许心灵行走确实会留下记号，可是这个托瑞克……单纯的也就只是托瑞克而已。"谢谢你！"她说。

"这没什么。"

"不只是这事，是谢谢你所做的一切，谢谢你违背你的誓言。"她把手放在他肩上，起身吻他的下巴，接着一跛一跛地迅速离开。

狼看到"无尾高个子"在狼群姐妹离开之后眨了眨眼，一摇一摆的，狼意识到他的心情就像被风吹散的树叶般飘零四散。

无尾真够复杂的，"无尾高个子"喜欢狼群姐妹，而她也喜欢他，可是他们却不摩擦侧腹或是互舔口鼻，他们离开对方，真的够奇怪。

一想到这，狼快步跑去找"深色"。它和他一起玩，它的鼻头因刚才的猎杀还湿湿的。他们玩咬毛皮和搓毛皮，然后一起跑去上游。狼喜欢凉凉的羊齿轻抚他的毛皮，以及"深色"跟在他后头踏步的感觉。他使劲嗅着那可口的气味，小鹿的鲜血和友善的狼。

　　森林恢复宁静了，可是有个东西，让狼又跑向"无尾高个子"和"被咬的那个"战斗的地方。他们一到那里，便慢步下来。月亮俯瞰着警醒的树林，"世界灵"的恐惧仍在空中飘荡。

　　"世界灵"十分神秘，在狼还小的时候，"世界灵"逼他离开"无尾高个子"，让他上了高山。后来，狼跑掉了，"世界灵"十分生气。再后来狼虽然获得原谅，却还是不能回去高山。所有的事都好奇怪，还有，那个"世界灵"雌雄同体，是猎者也是猎物，没有一只狼弄得懂这么一种生灵。

　　狼以前很讨厌不了解的感觉，但现在他知道，有些事他就是没法了解。"世界灵"是其一，"无尾高个子"是其二。"无尾高个子"不是狼，可是，他是狼的狼兄弟，事情就是这么回事。

　　一股淡淡的气味飘过狼的鼻子，他警觉地跳起来，"深色"眼睛一亮。厉鬼。

　　狼热切地把鼻子贴在地上，深深吸嗅，一路追踪。他走过古树林，来到小山上。

　　洞穴前挡着岩石，缝隙很窄，狼挤不进去。他用前掌把土扒开，好让缝隙大一点，"深色"也来帮他，终于，狼钻了进去。

　　洞里，他嗅到一些厉鬼的气味，但这味道很旧，这儿没有厉鬼，只有一个又瘦又臭的小无尾。

　　狼柔声低鸣，舔了舔她的鼻子。她的眼眨也不眨，怪怪的。狼回到洞外，火速冲去找"无尾高个子"过来。

　　当他靠近无尾的营地，天亮了，然后他立刻知道，他恐怕得等一下了。在河边，好多船停在那里。狼看见乌鸦族领袖芬·肯丁爬上河岸，狼群姐妹扔掉柴枝，向他扑去，芬·肯丁一笑，将她抱进怀里。

第三十九节

"我们要花多久才能到开放森林？"托瑞克问。

芬·肯丁一边把睡袋卷起来，一边说："我们应该可以赶在天黑前到。"

"终于！"芮恩叹了口气。

她把一片野猪肉干放在桦树上，献给守护灵，但瑞马上就把肉偷走。托瑞克也准备了祭品要献给森林，不过为了防范乌鸦，他把祭品塞进桦树底下的裂缝里。芬·肯丁交代芮恩让火熄灭，自己和托瑞克扛着行李到皮划那里。

离开森林深处的营地两天了，他们慢慢前进，因为芬·肯丁的肋骨还没复原。

乌鸦族领袖是一个人来的，族里其他人都因鲑鱼洄游在忙，就只有他们三个，其实很好。

托瑞克感觉到四面八方都在迅速复原，就连森林深处的氏族也都为了治疗被偷走的小孩而团结起来。五个被藏在圣丛林后山洞穴里的小孩都被救了出来，个个瘦得像竹竿，牙齿被挫得只剩牙根，心智被刮得只剩一片雪白。不过仔细看了他们的眼睛之后，芮恩告诉大家，泰亚兹还没把厉鬼放进孩子的骨髓里，所以他们还是单纯的小孩，不是托卡若思；又由于她在这方面的经验比其他人丰富，就连杜伦安都对她言听计从。托瑞克最后一次看见这些森林深处的氏族时，他们正认真地讨论哪一种仪式对康复最有帮助。

森林也开始复苏，愈合先前的伤口。他们划了一整天，穿越烧焦的荒原，但有好些地方，托瑞克已瞥见片片新绿，还有几头强壮的鹿正在啃食新芽。他看见那匹圣马在黑水湖岸上对他嘶叫，他也回了它一声马嘶，看来它已原谅他骑在它身上那件事。

不过，他坐在皮划里，一面扎着皮水袋一面想，有些伤害是永远不会愈合的。野牛族的伤疤永远不会消褪，高朋将一辈子残缺不全，他那和其他孩子一起找回来的小女儿变成了哑巴，最糟的是，有个被偷走的孩子再也找不回来了。厉鬼，狼追踪它的行迹时曾说，它追到高山区山脚下就再没线索。托瑞克脑中浮现出托卡若思飞奔在石面上，跑向欧丝特拉的巢穴的情景。

"最好把行李绑起来，"芬·肯丁开口说，吓了他一跳。"前面有激流。"

托瑞克很惊讶，他不记得这附近有激流，后来他恍然想起，当初这段路他和芮恩是用走的，走在河的南岸。想到从现在开始，一切都有芬·肯丁照管，他心里轻松不少。

他们一路前进，滑过喋喋不休的杨树林和满是鸣禽的芦苇底丛，终于，当天色渐柔，金光微闪，森林深处狭窄的入口进入了眼帘。

芬·肯丁越过肩头，问托瑞克是否感到遗憾，眼看着就要离开自己的出生地。

"不，"托瑞克说，不过这么说他心里其实很难受。"我并不属于这里。红鹿族宁可让橡树族巫师控制森林，却不反击，至于其他氏族……他们总想着杀掉不遵守准则的人，现在，我想他们大概又想杀掉遵守准则的人了。像这样的人，你要怎么信任？"

芬·肯丁看到一只燕子捉住一只正在飞的苍蝇。"他们要的是确定，托瑞克，就像常春藤依附在橡树上那样。"

"那你呢？你需要吗？"

芬·肯丁把划桨打横放在船上，转身面向他。"年轻的时候，我到极北那儿，和白狐族一起狩猎。有天晚上，我们看到空中有光，我说，看，那是第一棵树。白狐族的人笑了，他们说，那不是树，那是我们死去的亲人燃烧出来的温暖火光。后来，我来到斧头湖，水獭族的人跟我说，那光是巨大的芦苇底丛，庇护着他们的祖灵。"他停了一下，"谁说得对？"

托瑞克摇了摇头。

芬·肯丁拿起划桨。"没有什么是绝对的确定，托瑞克，迟早有一天，只要你具备了勇气，你就能面对这个事实。"

托瑞克想起在树上涂色的野牛族和森林野马族。"我想有些人永

远无法面对这个事实。"

"没错，不过并非每个森林深处的人都这样，你母亲就不是，她比其他人都勇敢。"

托瑞克把手放在药罐上，他还没告诉芬·肯丁药罐的事，倒是已把这事跟芮恩说了。芮恩果然就是芮恩，她想到了他从没想过的事。"说不定药罐一直在帮你，我就老觉得奇怪，为什么食魂者感觉不出你是个心灵行者，还有在圣丛林时的嗡嗡声？说不定就是它带来了'世界灵'，不过我想，我们永远无法确定事情是否真是这样。"

没有绝对的确定，托瑞克心想，这个念头像一阵干净的冷风掠过他脑中。

当他们大步走进入口前方的暗影，他回头看了一眼。低沉的夕阳在长满苔藓的云杉林间闪闪发光，他觉得他们似是轻声地在跟他道别。他想到那座隐匿的山谷，在那里，森林深处的氏族为泰亚兹举行了秘密葬礼；他想到圣丛林，在那里，巨大的树丛耸立了几千年，注视着森林里的生灵走过短暂好斗的生命。它们是否在意他违背了誓言？它们是否早已忘记一切？

贝尔遇害至今，一个月都还不到，但却好像过了一年。托瑞克对芬·肯丁说："我答应了要为他报仇，可是我却无法做到。"

乌鸦族领袖转过身，看着他的眼。"你违背誓言，是为了救芮恩。"他说，"你想想，如果事情反过来，你死了，他发誓为你报仇，你想，到时他会不会也这么做？"

托瑞克张开嘴，旋而又闭了起来，芬·肯丁说得没错，贝尔会毫不迟疑地这么做的。

芬·肯丁说："你做得很好，托瑞克，我想他的灵魂可以安息了。"

托瑞克欲言又止，他看着养父熟练地划桨，心上不禁涌上一股敬爱。他很想谢谢他，谢谢他卸下他肩上的重担，谢谢他的保护，谢谢他芬·肯丁这个人。不过乌鸦族领袖忙着掌舵，一面把船驶离水里一截圆木段，一面发声警告驾着另一艘船的芮恩。就这样，他们离开了森林深处的入口，来到开放森林，芮恩张嘴一笑，拳头往空中一击，不一会儿，托瑞克也作出一样的表情、一样的动作。

那天晚上，他们驻扎在黑水岸边，贝尔最后一次出现。

托瑞克知道他在做梦，可是他也知道梦中的一切都是真的。他站在海豹湾满是卵石的岸边，看着贝尔扛起他的皮船走向大海。贝尔跟以前一样强壮、完好无缺，他把皮船稳稳扛在肩上，一派从容优雅。他走到浅滩，把船放进水中，跳上船，开始划桨。

托瑞克朝他跑去，急着想抓住他，可贝尔已像只鸬鹚一样地乘风破浪，远远离开了他。

托瑞克想叫他，却只发得出断断续续的耳语。"等一下！"

海上一片闪亮，贝尔乘船远去。

"愿守护灵与你同游。"托瑞克放声大喊。

贝尔大力一挥，闪闪金光中，划桨画出一道弧线，他开口一笑，"愿守护灵与你同奔，亲人！"他大声回应。

就这样，他走了，一头金发飘扬身后，朝着西方前进，而那儿，正是太阳即将在海中安眠的地方。

"为什么不要？"三个月后芮恩说，"你想狼，我也想狼，那我们就一起去找他啊！"

托瑞克没回话，脸上又是那固执的表情。她很想跟他说，他应该发出个号叫给狼，但她知道说了也没用。他不想尝受落空的滋味，因为这一阵子，狼常常不回应他。夏季时，他有时会来，可他虽然还是跟以前一样热情淘气，而且显然不再害怕托瑞克不是狼这个事实，但有时候，芮恩感觉到他心不在焉，仿佛他身在别的地方。托瑞克嘴上没说，但她知道他也感觉到了，而且在他心情最糟的时候，他甚至担

心这意味着他们再也没法像以前那么亲密了。

那么，他为什么不直接去找他呢？她心里很恼。"托瑞克，"她张大嗓门说，"你是森林里最强的追踪者，所以，追踪吧！"

不过她不得不承认，追踪狼，感觉是有点奇怪，可是这个夏季里，好像没一件事不怪。虽说莎恩仍是氏族的巫师，可她竟渐渐习惯了巫师这个身份，也因此，大家跟她相处时，都比以前更小心翼翼。

还有她的行李也是，她觉得好陌生：新的药罐和药袋(她万万没想到杜伦安会送她这个)、新的打火石、新的斧头、新的刀，以及新的弓。她把她忠实老友的残骸放进乌鸦族的埋骨地，而那位野牛族的老人，原来他认识芬·肯丁，还教过他如何制弓。老人为她做了一把漂亮的新弓，紫杉木、蜡月抛光，而且特为左手射箭的她量身打造。但她还是用不惯，而且今天，她还把弓留在营地里，不过她现在开始担心，不知她的弓会不会有被遗弃的感觉，下一次吧，也许她会带着它一起上路。

现在是"绿榉种之月"，柳草已长得和肩一般高。天气很热，瑞和蕊张着嘴飞在空中散热。这个夏季好得出奇，猎物丰盈，没有人染上重病。有时芮恩若是因梦到鹰鸦和托卡若思在夜里惊醒，她可以很快再入眠。

她看着托瑞克俯身检视一道狼留下的气味记号后，扒开泥土作出的沟壑，只见他叹了口气。"不是他。"

稍后，他在杜松丛中捡起一绺黑色的狼毛。

"狼的毛皮有些是黑的，"芮恩充满希望地说，"就在他尾巴和肩膀那儿。"

"他的毛只有毛的尖端那儿是黑的。"托瑞克说，"不是这种。"

在那之后，很长一段时间里，他开始了她所谓的催眠式追踪。她明明侦查到线索，他却就是不跟着线索走，然后还突然蹲下来，害得她差点倒在他身上。

在他跪下的地方，她隐约看到一枚掌印。"是狼吗？"她低声问。

他点点头，紧张的表情充满希望。芮恩为他感到难过，也很气狼，难道他都感觉不到他的狼兄弟很需要他？

不过就在他们继续往前走之后，她立刻把生气忘在脑后，还摘了些绿榛果准备当礼物。前一个夏季，狼看见她在榛树丛里找果子，接着就开始学她找，结果熟透的果子他全不理，净去采那些还没熟的青果。

当她正想着这件事，邻近的山谷响起一声狼嗥。

她望向托瑞克。"狼？"她没出声，只做出口形问。

他点点头。"他要我们过去找他。"他皱了皱眉，"不过我以前从没听过他发出那种叫声。"

他们来到这座俯瞰河流的小山，狼突然扑上托瑞克，给了他一个热烈的狼式欢迎兼道歉。**我好开心你来了！对不起，对不起，我也好想你！好开心！对不起！**

终于，他从托瑞克身上跳下来，然后跳到芮恩身上，把刚才的话又说了一遍，托瑞克于是在一旁张望起来。

洞穴附近丢了一地嚼过的骨头碎屑和兽皮，泥土地被许多脚掌踏得结实。托瑞克发现狼瘦了好多，大概是因为他得勤于打猎的缘故，他笑了起来，"我早该猜到了。"他喃喃地说。

"我也是。"芮恩说，一把推开狼的鼻子，两眼一亮，开心的表情一如托瑞克的心情。

一只美丽的、有着琥珀绿眼的黑色母狼从洞穴里出来，它小步跑向他们，摇着尾巴、闪动耳背，用不一样的方式问候。

托瑞克心想，没错，一定是，就是这样。

他转向芮恩告诉她，这只母狼是他去年夏季结交的狼群中的一分子。他们一起看着它趴下，尾巴在空中挥舞，狼这时进了洞穴。

"我觉得我们应该后退一点。"托瑞克说，突然不太有把握该怎么做。他和芮恩往后退开，与洞口保持一段礼貌的距离，然后两人盘

腿坐在地上。

他们没等很久，狼出来了，口里叼了只不停扭动的小东西，他抽了一下尾巴，慢慢走向托瑞克，把小东西放在他面前。

托瑞克试着露出笑容，可他的心涨得满满的。

小狼大约一个月大，胖胖的、毛茸茸的，短小的腿仍站不稳。它的耳朵皱巴巴的，蓝灰的眼睛目光散漫。它摇摇摆摆地走向托瑞克，那样无惧、那样好奇，简直和它父亲小时候一模一样。

托瑞克轻声低鸣，伸出手让小狼吸嗅。它尖叫起来，摇着粗短的小尾巴，想吃他的大拇指。他把拇指握在拳中，搓揉它的小肚子，它用光滑的小脚掌拍他，用刺藤般尖细的爪子耙弄他的头发，他才把头发放开来，它立刻蹦蹦跳跳跑回父亲身边。

母狼抬起口鼻低鸣，洞穴里又跑出两只小狼，一蹦一跳地跑向母狼。它们一边咪咪叫着，一边揉搓母狼的下巴，其中一只是黑的，眼睛和母亲一样绿绿的，另一只是灰的，跟狼一样，但耳朵是红棕色。大家都为着这个新奇的世界，兴奋地动来动去。

瑞和蕊飞下来，其中两只小狼一溜烟跑掉，可它们的姐姐却悄悄跟在后面，两只乌鸦走来走去，显然没察觉。它们任凭小狼匍匐在近处，然后呱一声地径自飞走。

托瑞克看到芮恩侧躺下来，慢慢挪着根柴枝让小狼追，然而这时，她还不知道黑色的那只小狼已悄悄溜了过来，啃她的靴子。

托瑞克瞄了狼一眼，狼骄傲地站在那儿摇着尾巴。谢谢你，他用狼语说，然后他问芮恩，"你知道这意味着什么吗？"

她张嘴一笑。"嗯，我猜，这意思是说，狼找到伴侣了。"

他笑了。"是，不过可不止这样，这是小狼第一次离开洞穴，是一生中最重要的一天，因为，这一天是它们和狼群其他成员见面的日子。"

他大手一挥，把狼、狼的伴侣、小狼、芮恩，还有他自己放入了心里。"狼群其他成员，"他接着又说，"就是我们！"

作者的话

托瑞克的世界是在六千年前：在冰河时期之后，农耕之前，当时整个西北欧依然都是浓密的森林。

托瑞克世界里的人看起来和你我并没有两样，只是他们的生活方式完全不同。他们还没有文字、金属和轮子，不过他们并不需要这些。他们是卓越的求生者，他们对森林里的动物、树木、植物和岩石都了如指掌。不管需要什么，他们都知道去哪里找或如何制作。

他们住在小氏族里，大部分的人总是到处迁徙：有些甚至在一个扎营处只停留几天，像狼族；有些则会待上一个月或一季的时间，像乌鸦族和柳族；有些则整年待在同样的地方，像海豹族。也因此，在《湖区蛇影》事件发生之后，有些氏族已经迁移到他处，从附录地图即可一窥究竟。

我在寻找《丛林惊魂》的数据时，造访了英国得天独厚的古老森林。此外，我还去了位于波兰东部比亚沃维札国家公园内、欧洲仅剩的最大一片原始低地。我在那里见到了"足奔"（牛和欧洲野牛的混种）、野猪、欧洲野马、曾遭雷劈的树木，以及多种我不曾见过的啄木鸟品种。在比亚沃维札这里，尤其是在深入森林保护区徒步旅行之后，我获得不少描写森林深处及其居民的灵感，也因此有这个机会研究两座美丽的海狸水坝，以及它们的小窝，这让我在写托瑞克的藏身之处时有了灵感。

不必说，我当然也还是和英国野狼保护基金会的狼群保持好交情。看着小狼一路长大成了成年狼，和照顾它们的爱心志工聊天，这都带给我源源不绝的灵感和鼓舞。

我要感谢英国野狼保护基金会的每一个人，让我能和基金会中可爱的狼群这么亲近的相处；感谢林地信托基金会，帮助我进入好些古老森林，找寻写作的重要数据；感谢伦敦塔"纽曼乌鸦王"计划的负责人德瑞克·寇理先生，和我分享他对某些特殊乌鸦的丰富知识和经验；感谢比亚沃维札国家公园中心，以及比亚沃维札自然历史林地博物馆热心亲切的各位朋友；感谢比亚沃维札森林服务处和波兰旅游局的众位向导，特别感谢深受大家爱戴的波兰旅游局的向导负责人米耶奇斯拉夫·比奥洛瓦基，若没有他帮我取得比亚沃维札国有森林德鲁斯基林区森林巡官的首肯，我可就无缘见到海狸的小窝了。

最后，一如往常，我要谢谢我的经纪人彼得·卡克思，感谢他长期以来不曾稍减的热情与支持；也要谢谢我的好编辑，同时也是发行人的费欧娜·肯尼迪，感谢她的想象力、付出，以及善解人意；还要感谢把此书引进中国大陆的版权经纪人周长遐。

米雪儿·佩弗